U0123097

梁靖芬

# 水顫

# 目錄

序　有時就是會這樣　005
按摩　011
走索女　035
瑪喬恩的火　061
黃金格鬥之室　087
水顫　113
土遁　143
刻木　187
顫籤　215
應答的音調——讀梁靖芬的小說　賀淑芳　246

序

# 有時就是會這樣

這幾年，不寫字的時候，我打鼓。每天定量，每天，盡可能準時坐在架子鼓前，讓肌肉熟悉抖動的節奏。

不打鼓的時候，我偶爾會想起課堂上一對一教學的鼓手老師。他的年紀不小了，養著一大坨肚腩，早早消除了我以為打鼓是一種瘦身運動的幻想。想起老師，我就會想起所謂「狀態」這回事。

以前，我是不怎麼確信「狀態」的存在的。哦，我當然知道狀態的意思，知道萬物不可能永遠保持在一個平衡點上，知道日常裡有高低起伏，身體有疲憊與舒服的時刻。我僅僅不太確定「狀態」的形狀，不太確定，它具體的影響。

現在我大概知道了。狀態就是，一塊鼓皮的模樣。或是，我老師肚腩抖動的模樣。

因為是一對一的教學，在偌大的音樂課室裡，常常只有兩套鼓，與我們兩個人。我們的鼓，一如我們般彼此對坐。老師怎麼打，學生就跟著怎麼打。這看起來最為貼心的布置，其實常常苦了我。很簡單——老師的左手，是我的右手；老師的右腿，是我的左腿。我們互成鏡像，卻只有我需要時刻注視著鏡子。起初，開始學鼓的時候，非常簡單的敲擊法我也跟不上，我的腦袋花了太多力氣，去糾正我們左右對調的現實。

好幾次，鼓棒脫手而出讓我差點打到老師。

等到我的腦能熟練切換方位，自動調整左右，已是兩年多過去了。老師並沒有停下來等我，幾乎每一堂課，我們都在摸索新節奏。就在有一次我實在打得有夠糟糕的時刻，他說起「狀態」這件事。

老師不是華裔，他不講中文。說起狀態時，他用的是英語，那不是一個詞，而是一個句子——「有時就是會這樣。」

有時就是會這樣。

比起起落、好壞、能或不能，我聽到的那個最為關鍵的訊息，是「有時」。第二個關鍵的字眼是「就是」。這兩個詞其實相悖，前者多少有些猶豫、磨蹭，後者則果敢而確定。

我知道我的老師在安慰我。但他或許不會知道那樣的安慰不只能讓我安心打鼓，還讓我安心生活。

我實在打得有些糟糕的那次，學的是一套源於辛巴威的節拍。它們有些不按牌理，也非常靈活，反應稍微慢一些，左右手就如不厲害的周伯通互攪了。老師在前頭逐拍帶著，我盡可能亦步亦趨。我們一起練習敲擊了十五分鐘，我卻還是打得亂七八糟。正洩氣地垂下肩膀時，老師說，來，現在我們打另一種風格。

風格？風從哪裡來我還不確定呢，那刻我還在想著辛巴威在地圖上到底長什麼樣子，原有的節拍還學不會，你就要我學新的？說實在的有些氣。

但老師就是老師，我還怕他手上的棒子呢。只好趕緊跟著他的新節奏，能跟多少是多少。

當然，沒有奇蹟地，十五分鐘後依舊慘不忍睹。我想我的腳已經安接到手的位置了，下課後還記不記得正常走路也說不定。就在這時，老師說，好，你現在回頭再敲那一段辛巴威吧。

我敲了。居然，不誇張，真的如行雲若流水，還有些不假思索呢。

老師就抖動著肚腩說了：有時就是會這樣。

有時就是會這樣的吧。你以為什麼再也好不了了，走一走，甚至很可能無章法地亂走，忽然便又有路了。這種變來變去的、「有時」的東西，就叫狀態吧。

你若看到它凝固了，就像抖動肚腩，或敲擊鼓皮般地整整它好了。

知道要給這部舊小說集寫新序言的時候，我就想起這件關於狀態的小事。

這集子中的小說都是舊作，最早的一篇〈水顫〉大概要追溯到一九九九或二〇〇〇年。最新的一則〈按摩〉，應該也是二〇一三年的事了。

期間各篇書寫時的狀態都不一樣。但我想，最明顯的狀態上的改變，大概是文字吧。是字句的模樣，與節奏。

都說人生憂患識字始，有時我真覺得這句話的重點不在識不識字，而是，一旦懂得了字，人便會作怪，會在具象化的過程中，改變了事物的原貌。憂患，是因為再也難以趨近真實。彷彿那刻，你只有字，沒有別的，你只相信字，沒有別的。

我們一開始擁有的，自然是字。當然，我的意思不是沒有比文字更早存在的東西。而是，對在這裡的我們（這些馬華寫作者）而言，字的存在，往往先於一切。

在別人純熟講述自己的身世時，我們（這些馬華作者）一頭栽入了文字的形體中，文字先行，除此才來說別的。這幾乎是我們所有少作的樣貌。這是我們這種寫手的共同命運。我們總是先練字。

總要留到，或等到我們可以站到別處時，關於字的執念，才多少可以放開，身段變得不那麼緊繃，節奏變得比較從容。我們，要到這一個階段，似乎才能好好地說一個故事。

當然，也有最終仍不肯放棄的人。在那字與字之間的縫隙，不，它們幾乎沒有縫隙，也許會有終其一生，仍願意與字廝守，讓字始終厚重，以致成為畫布上的筆法，或筆觸般重要的人。那你閱讀它們，就不是在讀一個故事了。不是那麼簡單，以至於，你讀它們，會必須考慮到為什麼是這個字而不是另一個字，或會是這樣長的句子，而不是那樣短的句子。

我大概不會是這類作者了。我發現這十幾年來自己一直在變。那變，首先也確實在「字」身上。它們越來越鬆動。我曾想過，要把這本集子裡的故事重新寫一遍，用此刻當下的狀態。但確實，這同時也會是一個實驗，一個字的實驗，而不太會是小說的實驗。

在純粹的或天生的中文語境中長大的人，大概不會有我們這代／這帶人的困惑、企圖，與不甘吧。他們／你們從小就這樣說話，而我們不是。

但現在我想，也沒什麼關係了。有時就是會這樣，我的鼓手老師說。

# 按摩

巧薇第三次推門進入，向站在櫃檯的尼婭報上心裡的號碼時，希達果然不在了。

尼婭看著她，搖搖頭。沒人知道希達去了哪裡。

希達的手臂纖細，十指修長，拇指特別發達。兩次看到希達的手，巧薇都以為那手應該在琴鍵上飛舞，以至第三次推門而入，眼前暗綠色的牆居然閃動著希達的俐落。定睛一看，才曉得是倒吊的風扇將壁燈攪出來的影。

那是快轉，而不是希達平日熟練的動作。平日希達的節奏要慢上許多，它們其實並不算飛舞，反倒像水母在海裡悠悠伸張，內縮，鬚腳偶爾捲起一坨什麼，比如肉；又或是緊夾，放開，輕鬆卸下一攤什麼，比如油脂和汗水。

巧薇還記得希達首次替她按摩時的錯覺。那是恍如薑餅人還在粉糰的階段，一點一點地被壓進一只人形的鐵模子裡。希達按她的手，她的手就那樣一點一點變扁。按她的腿，她的腿就窄窄長長。按她的背，她連腳趾都在夾著一顆棋。按她的頸，她的腦裡全是她的頭。

按摩院的燈光昏暗，彷彿就是為了盲人按摩師調設的，一派可有可無。而希達和她的夥伴們在裡頭行動自如，目盲的是外人。那是希達們的世界，裡頭運行著希達們的秩序。於是第一次的時候巧薇推門，乖乖依照那秩序隨意挑了個號碼，接著被領進了後頭的隔間。領行的尼婭大概是盲人按摩院裡唯一視覺良好的員工，只有她沒伸著盲人棒走路。

希達還沒進來以前，巧薇聽從尼婭的叮囑，脫下T恤、牛仔褲、內衣，一一掛上小床旁邊的衣架。鞋襪自然也要脫的，放好，擱在床底。想到按摩師可能被鞋襪絆倒，鬆開的鞋帶還仔細收進了鞋子裡。眼鏡是最後除下的物件，保持除下的原樣，擺在床頭伸手可及的矮几。也不是沒有過猶豫。那是巧薇第一次在陌生人面前寬衣解帶。硬逼著自己自在，假裝老鳥，只為減少一點羞澀。可這還真難。渾身就一條小褲，羞起來也不知該用什麼去壓。

那床真窄。以後有機會巧薇還真想給點建議：倘若要讓人放鬆，不妨從「床」這個物件仔細鋪陳。那樣只容一個姿勢，翻身就得警惕掉下床的尺寸，實在不易讓人心安。況且，店面也不是飛機艙的局促，何苦擠著一床一床的直腸。又不是燈光暗了、衣服卸了，一切對談就得直來直往。

你好，我叫希達。

你好。

巧薇不知道該不該報上自己的名字。萍水相逢，也不知能不能記住。那時她還不知道希達的視障是怎麼樣的一種視障。她知道希達是盲人，這在小店外頭的招牌上有寫，可她看得到影子嗎？能看到光嗎？她怎麼度量顧客的筋骨，怎能一碰就知道這是哪一塊肌肉⋯⋯她真的⋯⋯看不到我嗎？

希達按摩完了腿，是背。然後上頸，順勢是肩。安撫肌膚的油抹了一圈又一圈，腰間掛著的計時器每十分鐘響兩下，希達就曉得該換個部位繼續使力。有時希達也靠手感。所以她會說，巧薇的肩膀像鐵條，並順勢問了巧薇的職業。

記者，其實也不是什麼難以啟齒的職業。可那時候巧薇就是說不出口。只隨便敷衍了工作的性質：就⋯⋯需要經常打字啊。

希達哦了一聲，並沒多問，只繼續依照滾瓜爛熟的步驟按摩手臂與肩膀，感覺右肩更僵硬一些，便多上了點力。

巧薇感受到那力，自己卻連蹙眉都是輕輕的。與希達碰的幾次面，希達的話都不多，卻經常帶著笑。那笑難以形容。說是單純、純粹似乎不是。說是職業，又有幾番真誠，是你看著看著便要回笑的那一種。可正要回應又想起希達可能看不到對方的嘴角或表情，於是加了幾分較重的呵呵。

巧薇見到的希達多是在昏黃燈中，少了日照，希達的臉經常有過多的暗影。暗影在鼻翼兩旁最深，顯得鼻子特別堅挺。起初巧薇看不清楚，幸好唇彩隱隱反射著細弱的光。她笑，那唇光就長；停著不笑，唇上的光就僅僅是一塊發亮的點。這是巧薇知道希達有沒在笑的方式。巧薇近視，除下眼鏡後本來就不怎麼看得清別人臉上的表情，幸好還能憑著經驗看到一些浮游的光。

之前希達讓她匍伏，她看不到希達的臉。她趴在床上胡思亂想。不知道為什麼就是會胡思亂想。想希達的手怎麼抓壓，想希達的神情，想希達腦裡或許也在想的事。連帶注意起自己身上的味道，以及當下的姿勢。

希達碰觸她的左腿，她就把右腿挪開一點點，免得阻礙。鼻子癢，忍住了抬起手去撓，是什麼都害怕驚動。那時希達正壓著她的背，她趴著向右的頸脖子痠了，也不敢擅自調整頸椎。

結果希達按壓脖子時大概發現右邊筋肉緊繃，花了比左邊多一倍的力氣與時間在那裡按摩。什麼都沒法瞞過希達的手啊，巧薇暗想。

力度還可以嗎？

可以。

這裡比左邊更僵硬呢。希達又笑。

嗯。

肩膀像壓力鍋噢。

呵呵。

這什麼形容？巧薇心裡想笑。平日不下廚，幸好還記得幾個炊具單詞，曉得「pressure cooker」指的是什麼。隨即想到了鍋子裡的肉，滋啦滋啦地承受著高溫與快速烹熟的命。

現在，請轉過身來吧。

巧薇腦裡閃過一秒的猶豫。不怕，還有條毛巾覆蓋著身體。

可希達移開了毛巾。因為接下來的程序是按摩手臂，得先從連著鎖骨的位置，往腋下一撥一撥地推拿。這時候兩人可以面對面了。巧薇起初還假裝閉目養神，後來忍不住雙眼瞇成一條縫地看。抖動的眼睫毛礙事，幾分鐘後終於光明正大地睜開了眼。可她近視，睜眼還不如瞇著眼看得清晰，於是又瞇上了眼。那時候就看到了希達唇上倒映的光。

希達的眼是睜著的，卻沒有焦點。每按壓一下都像是沉思，笑起來的光忽遠忽近。因為她每笑一下就習慣性地抬一抬頸，又像在點一點頭。

巧薇不敢伸出五根手指在別人眼前搖，那動作太不敬，她其實還怕希達仍能看到一些朦朧的影子。因為那手的落點是那麼精準，從沒多餘且令人不適的摸索，也不見她撞向床沿或矮几。可希達的眼神——不，希達幾乎沒有眼神，只有兩錢眼洞——希達的眼洞深不見底，望著哪個方向都不明顯。

摸不清眼孔裡有什麼，還因為巧薇不好意思直盯著人家看。於是她移開目光，去看希達的額頭。額頭上的頭巾微凸，打在牆上的影子讓她看起來像一隻忙個不停的啄木鳥。就只差啄木的噪音。

冷氣口就在床鋪正上方。幸好開得不強，巧薇即使光著上半身也不覺得冷。耳邊是隔間的談笑。有個男人半玩笑半耍賴地叫：哎呦。

另一把男聲適時地安撫：那我輕一點。

語氣卻是見怪不怪，一點也沒有憐惜的意思。

被按摩的男人竟誇張地呻吟。按摩師邊笑邊啐：不就只按摩腳嗎？這樣也痛的話，問題就大了。惹得室外一干人爆笑，原來的男人便老實安分了。

那聲音那麼近，是從布簾子後頭盪過來的。聲波彷彿還推了布簾，讓它輕輕地抖。巧薇忍不住把身上的毛巾往胸膛扯近了一點。

冷嗎？希達問。

哦，OK、OK。

巧薇忙不迭地答。她本來想說還好，卻一下想不起馬來語裡有哪個詞可以和這「還好」相配對，於是用了OK、OK。

最疼的是右手臂。不知什麼時候開始那右上臂長了一顆酸梅核大的脂肪瘤，巧薇見它不痛不癢也沒繼續長，許多年已置之不理。這回在希達的指壓下倒像喝了雄黃酒般的蛇體現了形。希達的指腹在那地方推拿許久，是感覺到那突兀的，卻沒有多問。

有一瞬間巧薇像做錯事的小孩心裡忐忑亂蹦，居然怕希達忽然開口問：這是什麼？怎麼弄成的？

幸好希達沒有問。否則也不知該怎麼搭腔。總不能說，它自己要長就長出來了啊。像《聖經》裡那什麼，說要有光，就有了光。或是，let there be light, and there was light。大學時上宗教必修課，這一句在《可蘭經》裡寫作「Kun faya kun」。當時覺得好玩、易記，考完試便也忘了。數年過去，腦海竟然在這時候蹦出了那句子。想想覺著好笑，瞇眼看一看希達，又不敢亂想了。

可稍頃仍然在心裡嘀咕。要是希達真問，答個「我不知道啊」不就好了嗎。我真的不知道啊。

我哪能知道那麼多事。這話在耳蝸裡隱隱作響，比蝸牛爬行要快，卻也因為地形局限爬不了多快多遠。

走神間冷不防希達拍拍肩：好了。

巧薇那時依然仰躺，可能希達最後幾下按摩收了手勁，沒有了一開始以及最高潮的狠，那刻才覺著舒適。剛覺得那幾下是最合理的安撫與碰觸，一切就完結。

那麼，我先出去了。希達說。

好。

又是一句ＯＫ。等希達翻開一角布帘閃身出去，巧薇坐起來下床，這才醒起忘了說謝謝。她穿好衣服拉開布帘出去，見希達已在休息間的矮凳上坐著嚼一顆蘋果，隆起的左頰忙碌地動。

動作真快啊，巧薇想。

希達可能不曉得經過身邊的人是她，所以沒有抬頭打招呼。

那日從按摩院出來已是傍晚，太陽卻依然刺目，恍如知道一天將盡，沒有明天地反芻最後一點的炎熱與火光。

巧薇被太陽斜照的每一寸肌膚更感滾燙。大概是被希達的功夫徹底啟蒙、洗禮，每一顆細胞都像剛睡醒般加倍敏感。平時這樣的天氣走在路上她一定惱怒，可那刻她滿臉愉悅再次回頭，努力默念了一遍身後的店名。

這是可以再光臨的按摩院啊，她想。儘管按摩這事看起來實在有點像和肉體過不去，可苦盡甘來後的舒展卻又令人死心塌地相信，那神奇的修復技藝不是什麼江湖術士的把戲。

那街道再往前，左拐，便是海堤。巧薇摸索著肩包裡的汽車鑰匙，先捏在手上。鑰匙扣連著一支小小的防匪噴霧劑，沒用過，也不知道真用上時好不好使。汽車就停在海堤旁邊的空地。非假日不會有太多人湧來吹風，車子很好停。可就是要當心傳票。畢竟那不是合法的，僅是她腦裡合理的停車場。

每一次走過那路巧薇都要嘀咕：那地要是真留起來建什麼房，我一定詛咒啊。

詛咒什麼？同行的夥伴曾經這樣問。

詛咒它霸道、詛咒它短視。詛咒它資本主義、詛咒它不近人情。

資……本主義？

夥伴剛要笑，巧薇卻又正色地補：那麼小塊地方頂多搭個亭子，其他什麼建築都只會阻隔海風，妨礙市民就近看海的興致，破壞風水而已。說這話時巧薇沒看著走在她左邊的伴，反而面對著自己右側的大海。因為要順著風向不讓頭髮掃臉亂飛，卻變成耳朵才像她的眼，領著前面的路要怎麼走。

巧薇一步一步地走，走起來更是一下一下地鬆。剛搓揉過的肉經這一顛一顛的步彷彿才真正卸了繩，是風中晃晃悠悠的葉，亦是水裡慢慢發脹的茶。她想，剛剛幸好硬著頭皮走進那家店啊。

路旁有喊不出名字的樹，老掉落一些喊不出名字的果。巧薇對樹從來就不算在行。只知它們的枝椏一天一天地長，長出來又一天一天地拖——拖著永不落的葉。於是樹長到了某個階段，對她而言就都是些仙鶴神龜的樣，氣定神閒地，不會老也不會死。

巧薇覺著了熱，便沿著樹蔭走。那地方她很熟悉了，閉著眼也不會錯。海水還遠呢。

海堤下面有一彎沙地，樹就三三兩兩地長。不知誰還在樹下疊了橫板當椅子，晚上常有來吹風納涼的人。世道還沒今天這般不堪的時候巧薇和同學們常去。補完習每個人在補習中心樓下的夜市買一對燒雞翅、一包煮花生，加了冰塊的薏米水塑料袋外層不斷往下滲著水，她們誰也不在意那濕答答、黏糊糊的不舒服，找幾道能墊屁股的氣根就不知今夕何夕地長聊。

她知道那地方被有心人戲稱為什麼。猴子林。卻一隻猴子也沒有。她們也不是沒親眼看過手電筒在樹幹間亂閃。可心裡到底知道那檢查與自己無關。頂多，頂多就是被手電筒掃一把臉吧，看到了膚色就沒事。

拿電筒的人有時穿著背上印有組織名稱的背心，有時什麼標誌也沒有。通常一律黑衣黑褲，三個或兩人成一組地慢慢找、慢慢查。組裡一定有女人，頭巾也是暗色的，什麼滾邊也沒有。

他們的目標是情侶。樹幹間坐著納涼的，海堤邊摟著肩吹風的，暗影裡咬耳細述的、東歪西倒的。他們火眼金睛似地都像戴了紅外線眼鏡，穿著棉絮鞋底似地走路都很輕。晚上海水漲潮，海浪聲更近，也協助掩飾了一點笑語盈盈的音。他們盡忠職守地看到兩兩一對的納涼者、情侶就上前查，且還經驗十足地幾乎能百發百中。當然，當巧薇知道他們的百發百中是什麼意思時，自己也快告別了青春。

可巧薇聽過的盤查者與受查者的對話，印象卻是非一般地深。起初是好奇心十足地隨同學八卦，後來就曉得了不忍，經常不忍去細聽。手電筒噔地一亮，他們通常劈頭都是這一句——

結婚了嗎？

要不就冷著臉地探——

你們什麼關係？

伸出的手指，隨著手電筒的光在受查者的臉上舞。舞得快時探得凶。慢慢晃的卻不表示語氣軟。

有時候巧薇們剛好隔得不算遠也會預先被請走。一點也不理會那麼近的距離一堆人在吵，怎麼還可能發生些不安分、過度不檢點的碰觸與誘引。

Melakukan perkara yang mencurigakan①，這句話裡的最後一個詞尤其讓人難堪。巧薇第一次放長耳朵偷聽到，還回家認認真真翻了馬來語字典。Mencurigakan，令人懷疑的、可疑的，字典裡這樣析疑。巧薇托著下巴想：這字眼真神奇，什麼都能裝。

最難忘的，自然還有那些被光逮住時，瞬間呆滯的臉。

回過神來，大大方方接受宗教局官員盤查的可能有。理直氣壯表示這是我老婆的可能性也在。然而那手電筒探照的光太令人心虛了。且通常都是忽然就亮起來的，實在有一種箭中靶心的震懾力。

有一回手電筒在身後不遠惡狠狠地亮，伴隨一陣吆喝時還順帶震掉了巧薇們手上捏的雞翅。我好端端地坐著吹風啊，巧薇們事後忿忿不平地怨，誰來賠我一支只舔了一口的燒翅。到底是誰冒犯了誰，誰又侵入了誰，說來說去說不清。巧薇們尤其忿忿不平的是，我們好端端地非禮勿視啊。

手電筒一滅，懷疑和怨懟又暗在了海風裡。

第二次見希達是一個多月後的事了。希達居然還記得巧薇。巧薇則是在櫃檯直接點名要找她。尼婭誇張地拉長嗓音喊：希——達——

巧薇剛下班，在報社趕了一通宵的稿。太早，店裡沒什麼客人。

---

① Melakukan perkara yangmencurikakan，馬來語，指正在進行可疑的事。Mencurigakan，可疑的。

希達還是穿著上回的橙黃色T恤，頭巾前沿在額上微凸，像戴了頂加舌的安全帽。希達滿臉的笑。巧薇知道那不是給她的。希達熟練地合起手機塞在後臀口袋，沒在叫蜜糖，也沒在叫寶貝，但那嘴角就是那意思，頭巾遮不了的滿臉紅潤也是那意思。巧薇頓覺自己是個魯莽的入侵者，無意中伸腳踢開了誰家的大門。

沒有誰比那刻的希達更像一位滿懷希望的少女了。滿懷對美好生活的憧憬與希望。誰在那刻踩了她一腳，她也不會在意的。搞不好還會掉頭替你說抱歉，我的腳太長。

然而巧薇還是沒有伸出手，去試探希達視力的真偽。希達是憑著她右手臂上同一位置的酸梅核認出她來的。或許認出的時間要更早。巧薇一直深信這世上每件事都寫有配額，例如盲人失去了視覺，那原來分配給視力的感覺細胞便流到了其他部位去支援。其他官能於是加倍地敏銳。

記憶力會不會也更強大？巧薇趴在床上想。他們的腦裡必然建有更龐大的檔案庫，這味道——擺放在A處；這聲音——塞在B格；這肌理——入C欄；這溫度——回歸到D檔。因為每一次接觸很可能只會有一次編排建檔的機會，所以他們更用心。而後又比常人更熟練於翻查檔案庫，辛勤地配對經驗。這是生命的本能，也是生存的本事。所以希達的雙手特別靈。

推拿著巧薇右臂上的酸梅核時，希達終於又笑了，說：你還是很努力在寫啊。

巧薇也鬆了一口氣地笑。是啊。原來你記得。

希達沒說她到底記沒記得。好像每一次偶然說到自己，她都不太好意思。上回巧薇隨口問她工作幾年了，她就不斷嗯嗯嗯地笑，笑得巧薇以為自己太冒昧，差點就要道歉了。過了好一會才答：四年。

四年是資深了嗎？巧薇沒多問，她想，現在自己這行業要是做四年，該叫忠心了。好幾位同事做不了三年，跳槽的跳槽，轉行的轉行。嫌這工作待遇十年不變，福利不好，外加沒法掌握假日時間。

什麼假日啊。想到這裡巧薇有點卡。誰能知道下一秒發生什麼事？新聞又不像希達她的手，永遠知道下一個落點應該在哪裡。

第二次按摩，巧薇比上回更放鬆了，約莫是對每一個貼身碰觸的程序有了新把握。儘管還是體恤著希達的姿勢，不敢亂伸腿，可到底已能自在地活動頸肩，無需硬撐到發痠。

仰躺時瞇著看希達的眼也不怎麼能說是「偷」了。不刻意避開「對視」，也不擔心希達看到了多少的自己。室內的光線雖然仍朦朧，可她大致摸透了希達的臉型。希達還是有兩錢不知望向哪裡的眼洞。希達的鼻子很尖。希達那麼瘦卻有雙下巴。希達頭巾的下襬用扣針別在了衣領上，避免俯身時下垂掃到了人。看不到希達的雙耳，因為被她收在了頭巾裡。

再清晰麼，沒有了。

不是巧薇不敢繼續望，而是她自己本來就近視。看到希達唇上反照的光點已經是極限。再看，巧薇吃力瞇著的眼就得完全閉合了。眼皮跳動得很痠，睫毛也礙事，於是第一次，巧薇心甘情願愜意地合上了眼。沒什麼好擔憂的啦，希達。沒什麼好害羞的。你看，我也看不清你呢。我們打平。

希達沒談什麼笑。時間比上一回感覺要更短。

好咯。希達說。一樣拍了拍巧薇的肩。

那我先出去了。

OK。

不料剛穿好衣服，店裡就一陣吵雜。腳步聲不忙，忙的是嘴巴。巧薇還在櫃檯邊掏錢，尼婭就推門出去探頭張望了。

巧薇出來，見路人都指著按摩院隔壁的山牆看。按摩院隔壁是一家比她年長的廉價旅館，她下意識也望，剛好對上了屋簷的陽光。她翻開掌去遮，指縫間看到露台外頭、架著冷氣機的橫梁上蹲著一個裸了半身的男子。要不是皮膚黝黑，讓人看出他下半身穿了條淺肉色的內褲，大概就要以為是個渾身赤裸的人。

男子看起來驚慌失措，抓著牆上架出的天線猛搖，感覺要跳卻不敢放手。露台上有三四個穿著制服的人不停吆喝，卻不敢伸手。巧薇一看那制服就知道怎麼一回事。

尼婭剛好在她旁邊，交叉著手邊看邊唏噓：嘖，嘖。

也不知那唏噓有多真，巧薇沒應答。她剛按摩過的肌膚隱隱發燙，來不及吐槽，所有人又被男子踩空的右腳嚇了一大跳。這回連尼婭都喊了一聲驚。

圍捕的人不敢向前。樓下開始集聚更多的路人。除了原來的宗教局人員，還有後備的員警。尼婭和路人一律被擋在一旁，執法的人卻禁不住耳語。其實那哪裡算耳語，巧薇什麼都聽到。等到官員們從旅館大門押出一批穿著寬闊的暗紫色長袍的女子，群眾的鼓譟一下就沸騰。

暗紫色，背上打著執法部門的標誌。底下胴體的，遮羞布。

來看美女啊。

嘩，美女。

有人還吹了聲口哨。

她們一個接著一個低頭上了等待著的卡車。另一隊低著頭上車的男子則沒分到多少的評議。

露台外的人堅持十五分鐘了，巧薇看一看手錶，想著報導的細節，遠遠看到有同事走來，才想起自己該下班。張望的脖子微微發痠，差點辜負了希達的按摩。她離開前回頭，卻看到希達拄著盲人棒站在半開的玻璃門中間，盲人棒和一隻腳在室外，另一隻腳留在店裡。那姿勢看起來有點滑稽，除了進退維谷，還因為好事者的形象整個太生動。

是眼花了嗎，巧薇還看到希達歪著頭望向了自己。

不可能啊，對吧。她想，希達那是在聆聽。這樣想便又加了點不捨。

次日報紙上「幽會鴛鴦」的標題厚得有點喧賓奪主。事情原來還有很長的後續。大家找到了裸身男子的母親，母親趕來勸阻時男子將自己掛在露台外兩個小時了。看熱鬧的人越來越多，最早的一批倒是已散去。

記者記下了現場的反應。——有群眾說：他讓他父親丟了臉。

他本來被押上車的女伴又被叫回來。群眾看到他的女伴時，再次認同那姿色。太年輕了，他們說。

女伴頭也沒抬，聳肩抽泣。暗紫色的袍子罩滿全身，顯得沒手沒腳。

母親勸了半小時，男子總算伸手讓人救下來。路人還七嘴八舌地評議，那母親舉起手提袋狠狠地向路人砸去。

巧薇合上報紙。準備好晚上同樣的任務。真沒想到啊，這一次派到自己頭上的工作是再也難推了。夜班記者就這樣。單身，卻沒人理會那尷尬。

有什麼好尷尬？工作而已。

她自己也是這樣想的。要不是這些工作，斷不會習得那詞語叫「khalwat」，幽會。幽會，不管涉不涉及交易，沒有婚姻關係的男女同室而處，便算嫌疑。她再想打瞌睡，出那任務時也不免硬撐著精神。當局主管說了，行動保密，所以每一次都得先在宗教局辦公室集合，時候到了再全員出發。他們還自詡細心，給每個隨員記者準備好交通。

巧薇坐在那擠滿同行的車上總是想到自己的鞋子。不知為什麼，大家談笑時她就只滿腦袋自己的鞋子。那鞋子她穿好久了。中學開始就喜歡那牌子的鞋，說自己的腳挑剔，再貴的鞋子也打腳，穿了襪子亦不行，就這一號鞋好穿。走在草地上舒服。走在馬路上舒服。走在碎沙上舒服。脫下來還能墊一墊屁股。

就只有一次差點出了事。那是某一個晚上和同學在海堤的沙地上啃雞翅，手電筒忽然亮起時還伴著些吆喝，像有人舉著刀凶神惡煞地叫喊，後來又連著了一道女聲的抽泣。

起初大家還只是面面相覷啊，後來越聽就越毛。不知誰先站起來就跑，剛脫下鞋子墊屁股的巧薇亦赤腳跟著逃。

逃什麼呢？往後同學間也討論過。卻誰也說不上理由。自然是怕吧。怕什麼又不好說。

次日回沙地再找，別說鞋子，連原來蹲坐的樹根都像變了樣，什麼都不存在了。

巧薇又看了一下錶。半夜三點了。執法人員也不帶好一點的工具來，開個門鎖費了半天勁。裡頭的人又不聽勸，旅館老闆說過每一戶的窗口都是鎖死的，絕對沒有地方逃，固執地不肯開門就是垂死掙扎的尊嚴。尊嚴？這字眼蹦出，巧薇倒才認真想。

再不開我們就破門咯。

裡頭還是沒動靜。

鎖終究開了。官員們進去，巧薇和攝影同事跟在了後面。接著那些話原來是舊詞，她原來都會的。

——結婚了沒？

——你們什麼關係？

——在這裡做什麼？

——身分證。

最讓巧薇意外的是裡頭那一對年輕的男女。衣著整齊，並排合腿而坐，安安靜靜地等待。男的不認識。女的，女的是希達。

希達，希達的眼還是兩錢不見底的洞。希達的鼻子一樣尖。兩隻耳朵收在頭巾裡。雙下巴因為略略低著頭，所以更肥厚了。

巧薇那晚退出了房間，沒有像其他同行一樣忙著記錄任務的細節。她刻意去了另一間，沒有希達的睡房，筆記本上也沒記下幾行字。錄音筆開著，什麼音都錄。

她想起來了。想起按摩床上的愉悅。它們很合理。

會不會是誤會呢？希達的臉慘白。希達的臉曾經紅潤。

這樣一想，交完稿就開了車子到那按摩院。玻璃門一樣。暗綠色的牆一樣。尼婭一樣。希達不在了。

# 走索女

哪裡有什麼走索女的好故事。照例是七點拉閘，七點三開始做生意。牆上啤酒海報黏了一層又一層，有時香菸的也要給些面子貼一點。

政府久不久就給香菸啤酒換個價，一換價海報就統統要重來。能貼的牆就那一面位置，同樣的位置老貼著不同的彩紙，很快就集成凹凸不平的海報磚。沒什麼黏膠能抓得住它們猛朝地心掉的心思。可它們掉到一半卻又百般牽拖，常常只朝下翻了一二角，半身還眷戀著牆或身下同行的命。走索女也不去撕。久了無人理，整面牆便像一大尾受傷掉鱗的老石斑，還有點窩囊地躲在一摞一摞的雜貨後。走索女最曉得什麼叫亂中有序，什麼叫得來全不費功夫，顧客走入她店裡要一塊藍皀或一包仙草，她也能從從容容地在架子麻袋中找出來。

走索女還叫作走索女的時候，根本沒想過有一天不再走索。那段日子她每天早上七點已算起來得晚，揉揉眼便是慣常的給動物送飼料與練家子這兩大差事。馬戲班裡人來人往，走索女記不清自己怎麼入了團，也不怎麼在乎身分那種事。她就做別人讓她做的，也練老走索人傳給她的。每一樣都是循規蹈矩地來，每一頓飯都是安安分分地吃。

走索女的雜貨店什麼都好。在她的眼裡真是什麼都好。最不順心的大概只是那道朝左右拉開的摺疊鐵門。拉得順手的時候，那道門像楚留香手上的扇，霍一下全屏開展，霍一下又盡數收攏。拉不順手時則會硬生生卡軌，然後得左左右右地來回推拉，才能磨掉不知哪一顆擋道的石。而無論關上或是拉開，最後都會因為鐵葉的碰撞而響出一聲「嘭」。

街上的人早就熟悉了那聲嘭。況且這也不是走索女一家店鋪才會發出的聲。每天清晨每入傍晚，時間一到街上一整排店屋便接連著嘭。一連串的嘭撞開了一天的忙碌，照樣是一連串的嘭賜來了一晚的休憩。

那年頭住家電話還不怎麼普遍。走索女想打電話時往往得借用隔壁鄰居的。那是一家藥材鋪。藥材鋪那台電話幾乎一整條小街的人都在用。難得電話的主人大方慷慨，很有普濟世間的精神。走索女其實是不怎麼主動借用電話的。她壓根兒記不住誰家的電話號碼，記住的一個也不經常想打。倒是對方簽了契約似地逢每月十五就準時撥來。

走索女知道來電者的習性與脾氣，算算那日子、那時刻到了，就早早不經意地等在店家的騎樓。騎樓擺了張板凳，她多半在那裡坐著納涼。人家藥材鋪明明叫「廣萬山」，她無聊，硬要在腦子裡想店前竹簾上那三個楷書大字也可以叫山萬廣。要不，就叫萬山廣或廣山萬、萬廣山，來來回回的，像走一條繩索早牽好的路。待隱隱聽到藥材鋪裡響的電話鈴，店主小兒子拉開鐵門出來叫她了，才表演巧遇地踱進去。

哈囉，阿惠啊。係啊。

好冇？好啊。

對話一般是家常。走索女的生活就是一板一眼的多，沒什麼好與電話裡的人交換的，便常常由得那人喋喋不休地講。她可以想像電話裡那人說話的種種表情，知道那人手舞足蹈時那手會舞到個什麼姿勢、腳又頻頻跺到了什麼程度。她笑起來的時候電話裡那人總會更爽朗地笑。電話裡那人埋怨什麼了她也附和著忙不迭地說。現在年紀大了兩人反倒不怎麼長氣了，大概也是體恤著電話主人的方便與不便，往往談個幾分鐘就掛了電話。走索女向店老闆說謝謝，要是剛巧後廳電視播的連續劇聲音吸引人，亦坐下來一起看兩眼。

走索女自己是不怎麼回想馬戲班的日子了。想得比較勤的時候還是當初，電話裡的那人剛回來探望她的時候。從前她們一起在馬戲團裡學不同技藝，走索女入團較晚，一入來就遇上老走索人的一腔熱血與滿門心思。

——急呵，急呵。

老走索人總是一臉迫不及待的鞭策。

電話裡那人則是更早到的，被空中飛人兩夫妻先收了去，五六歲就練成在鞦韆上倒吊著晃的小小空中飛。雖然都吃著高空這行飯，兩人能力卻是徹頭徹尾的不同。走索女學的是平穩地走，空中飛練的卻是晃蕩著飛。

她們童年待著的馬戲團已不像她們師傅那年代最輝煌的規模。馬戲團未來的危機又還不是她們所能理解的危機。因為不曾經歷過去所以少了番惆悵，且無需張望將來而沒有丁點的悲傷。

她們童年最驚險的禍不過是某一日，在某鎮紮營安寨準備歷時半個月的演出時遇見的老變態。電話裡那人是記得那事的，儘管後來走索女實在不好意思再提——

那午天熱，離馬戲班夜晚開鑼的時間還遠，團員若不是各自練功就各自打盹。走索女與空中飛忙著在簡陋的流動沖涼房蓄水沖涼。兩人年紀相差不遠於是總一起洗澡。起初是老走索人偶爾也拜託空中飛人夫婦幫忙照顧小女孩，後來則是因為倆小孩自覺彼此投契常常相約完事。那個下午，兩人剛蓄滿了兩桶備用的水，脫下汗濕衣衫那刻走索女忽然喊了一聲短促的「啊」。明明是失措的喊，聲音卻和走索女的個性一樣低調而平緩，水勺脫手掉在泥地的動靜也要比它來得大。

整間臨時浴室都是鋅片搭建的，門扇與屋頂之間有一塊半尺來高的空隙。走索女褪衣時瞥見那裡探著一顆鬼鬼祟祟的灰頭顱，大概因為她的一聲「啊」而迅速縮下去，以為藏起了自己的臉就躲過了她們的眼。

同樣在沖涼房裡的空中飛一看便來了氣。儘管那不過是八九歲的孩子所能有的力氣，卻也發動全力冷不防推開了門。灰頭料不到她有這麼一著，一個踉蹌隨門推開而倒。

空中飛居然還抽空舀了一勺水朝偷窺者猛潑。起初罵的什麼兩人不怎麼記得清了，但走索女記得她們後來的動作。空中飛潑了水後赤條條站立，甚至故意挺高了小腹連帶亮出更下方的私處。然後張開腳八字腿地走，嘴上一疊凌厲勇猛的「睇啊！睇啊！」走索女忽然福至心靈，也學著空中飛的舉動強悍起來。

——睇啊睇啊。睇啊睇啊。

完全是以進為進的氣勢與頂天立地的狂。結果是被嚇著的灰腦袋立刻掉頭，窩囊地連爬帶滾而逃。那逃姿，連一條全身長瘡的癩痢狗被石子打跑時也比他強。等團裡大人聞喧鬧聲而來，兩人早已重新關好了門在沖涼房裡爆笑不已。

走索女不怎麼願意提起這一段，是因為後來更早曉得了羞澀。然而那一段在空中飛的個人成長史裡，卻以值得炫耀的光環戳了一個亮眼的印，是第一個靠自己能力贏下的功勳。

走索女尤其不怎麼受得了後來，空中飛動不動就重敘那一招挺腹露屄退敵的妙計。

犀利咩？她有一回終於忍不住這樣問。

什麼不犀利！空中飛毫不多心地答。答時沒忘記咯咯地笑。走索女便也跟著笑。

走索女還經常愛笑其他的事。比如，空中飛的矮。她總嘲笑空中飛不曉得吸營養，吃那麼多身體還是長不高。空中飛不服，就拿智慧來反駁。起初還只不過問八加九減七是多少，後來進階到七乘五加三減四。空中飛的養父母閒時教她算數，當作沒法送入一般學校的補償。走索女被鬧得受不了，偶爾也埋頭想拚。後來終究要認命。不是八字不好運氣不佳的那個命，而是與數字不投緣，全身上下只有十根手指十根腳趾的大局限——她認為的大局限。

空中飛故意找她的碴，說馬陸多手多腳誰知道牠們算數好不好。然後更賣力地教。

算數畢竟不是她們最需要的技巧，教的學的再用心也不怎麼有持續的意志。走索女好不容易練穩了根基，終於跟上了老走索人的腳步上了場，雖然僅僅是在老走索人使出壓軸絕招前充當熱場的小角色，走索女依然覺得那是好大一步成功。空中飛比她年紀小兩年，藝齡卻比她足足長三載。走索女第一次公開演出，儘管只是在半空的吊索上來回走兩遍，再抬腿做些簡單的動作，空中飛早早在表演棚一角站好了位目不轉睛地看。就只是靜靜的看。看完也沒有興奮至極地歡呼或拍手。在她眼裡那就叫自然，一個賣藝人不怎麼會誇張地替另一門技藝叫好的自然。那是耳濡目染的淡定，她們身邊的人大都有這一分淡定的本事，不是因為你做了什麼比我更強的，而是多少知道那是怎麼練成的。她只是心裡在數，從索的那一端走到索的這一端，走索女和她說過的，來回一定是多少步。步子踩寬了不穩，踩窄了亦難平衡。數學就只是用在這依次數算步伐的節骨眼上。

　　沒有什麼比失手更難看的事了，萬一真掉了下來，雖然離地數尺架了安全網不至於受傷，可前輩們的冷言與懲罰要比鞋襪裡藏了顆釘子還難熬。練習時走索女失足，空中飛假裝惡狠狠地朝她做鬼臉。走索女一看便知是假裝的，卻也偷偷皺皺鼻梁瞇著眼表示很害怕。

　　空中飛自己同樣還不能挑下整個空中飛人表演的大梁。那是群戲。她僅能扮演最前端的，被更資深的表演者拋過來又接回去的那一棒。她身體短小可手腳呈現不成比例的細長。走索女笑她，那是活生生被拉長的骨骼與筋肉。儘管這樣她還是很矮小。那矮小就和沒有人會認為一頭長臂猿長得高䠷的道理一樣。走索女看空中飛反身轉握著晃蕩的鞦韆，或捉著自己蛙張的腿連翻幾個跟斗再飛撲，常常要止不住地暗中捏冷汗。走索女平穩慣了，所有急速移動的物體都讓她有咬牙叫停的衝動。她還沒到老走索人可以在鋼索上翻跟斗的程度。要是到了也不知能不能撐起那分量。許多事她是不怎麼細想的，總是走一步見一步的順從與乖巧。老走索人演出到最高潮的那一幕，她向來覺得離自己還遠。不只是功夫相距甚遠，大家對她的期待也應該還遠。

遠到哪裡？有一回輪到空中飛忍不住地問。

遠到，遠到還不曾想過的那裡吧。走索女幻想著這樣答。可事實上她就聳聳肩什麼也沒說。

空中飛從第一棒逐步排上了第二棒，那是不只要自己飛撲，還需要把飛撲過來的夥伴接好的一個角色。空中飛經常處於某種預備的狀態中。她用膕窩緊緊鉗著鞦韆，在半空中倒掛著搖。難度再高一點，是赫然伸直細腿，用兩隻腳背倒扣著單槓鞦韆的兩個末端使力晃。那時空中飛的腿看起來就像瞬間延伸了好幾倍，因為鞦韆兩頭的繩索就成了與她渾然一體的腿。

走索女仰著脖子看。她最喜歡看空中飛的腿伸長到那樣近乎怪物的境地。腿的終點不是足踝或腳趾，而是一個穩妥扎實的定點。無論空中飛再怎麼賣力地飛，到底是依著繩索腿的長度在空中畫起半徑的圓。那半環狀的路線是既定的，晃過去再晃回來的期待也永遠不會落空。只有在空中飛放手，奮力撲向另一支單槓鞦韆，或抓向另一雙朝她伸出的大手時走索女稍稍屏息——忍住了嘴裡叫停的衝動，可控制不了鼻端的屏息。

她們從來沒告訴過彼此這樣的注視，似乎也不怎麼覺得那是一件必須讓對方知道的事。在她們少女時期，倒是有過一次更詭異的對望。說詭異，是因為當時兩人根本搞不懂那事情是真的如團裡其他人所說的，屬於神明庇佑逃過的一劫，還是大家聯合起來戲弄誰的惡作劇。她們面面相覷卻不敢問。那年紀她們的聲音一如團裡的馬匹或猴子一樣卑微。或許更卑微——馬匹嘶鳴或猿猴低啼的分量可能也比她們重。聽見不尋常的叫喊，動物的主人總會迅速聚攏，趨前研究安撫的辦法。她們的竊竊私語永遠只屬於彼此的暗語，外人不怎麼插得進來，她們也不怎麼願意抬腿跨出去。然而空中飛要比走索女更愛用自己的耳朵聽。她可以一邊口沫橫飛地講，同時聚精會神地向外探聽。

馬戲團最後幾年的風光，是把團裡較受歡迎並移動方便的幾套戲碼與藝人往外租借，到小鎮廟會或地方慶典上演出而得來的延續。走索女與空中飛那兩套需要高空道具及特殊安全設備的技藝，極少能搬到外面去表演。精華版、簡約版也沒辦法。走索女倒不怎麼憧憬換個場地上場的機會。空中飛看起來也不，卻經常藉故充當外借團員們的雜役助手。這樣一來就有了外出看看的理由。這樣一來也成了走索女間接能到外頭的理由。

那一年靠海小鎮的拿督公廟辦神誕，請了馬戲班的雜技與魔術表演來助興。兩人也跟著分隊去了，選在廟堂停車場架起來的舞台後幫忙。廟裡供奉著好幾位神祇，數算好那一個日子同時降身下凡。起初人們在廟前來來往往，而後輪到一列嘴角串著長針舞著兵器的乩童上場穿梭。鼓樂與鑼鈸重複地敲，香菸與供品穿插著敬上，也不知誰委身於誰，乩童走走停停的身影在雜音與煙霧裡自有一種傲世的莊嚴。他們瞇著眼也看得清馬路。那刻他們不叫童子而是名正言順地位比仙尊。

——快睇，我以為就三太子咬著塑膠奶嘴，點知青衣將軍都咬啊。

空中飛鐃有興致地看，邊看邊順口地評。

——噓，唔好亂講。

走索女幾乎想掩她的嘴。

馬戲團的雜技與魔術表演只屬茶餘助興，那刻還沒正式開鑼，表演的和幫忙的還可以周遭閒逛。主要藝人都在準備，上各自的妝、舒展各自的筋，就只有雜役如二女逮著不用幫忙的空隙鑽入人群裡。

神明依序下凡，原來就鼎沸的人聲繼續鼎沸，無論什麼場合，真正的助興者只會是四下的人聲。仙尊們抖動著吆喝，有者向前急走三步又往後退了一步。法器如神鞭等刷地有聲。還有仙尊正賣力舉刀砍向自己的背，砍過處一律白淨光滑且無有血痕。看看那背脊也不算壯碩，刀鋒剛剛還示範砍過一排嫩竹，空中飛眼神炯炯，走索女稍稍蹙眉卻不至於替神明呼痛。神誕得足足辦上三日三夜，在虔誠的膜拜與半信半疑的觀望裡居然還有鎮民在操場一角聚賭。魚蝦蟹牌九什麼的都來，或許因此而有看不過眼或受不了吵雜的外人召來了巡警。

走索女和空中飛記得巡警到來的那一刻，警車上原旋轉著警世的光。警笛卻在一入廟境就鴉雀無聲。無人知曉是老機器適時壞了，還是巡警先自動關了。除了乩童繼續舞動、砍背，人聲稍稍減了片刻。然而鑼鈸與鼓樂本來就不是讓人聽的，人聲下去，它們反倒成了現場更喧囂鼓譟的梵音。

馬來巡警下車張望，說你們這裡有人報警嗎？

這一句馬來語走索女是聽得懂的。空中飛拽著她胳膊在她身後探頭探腦，推著她走得更前時被她輕輕肘擊了兩下。兩人都和大家一般疑惑——誰叫來的；卻也和周遭一片心知肚明覺得他們怎麼樣才願意走。

有人說你們打架。馬來巡警挺了挺腰。他開車的夥伴大概是新丁，下車後呆呆站著，眼神有點空，不知望哪裡才好。

人群裡出來一個管事的落腮鬍。落腮鬍走出來那刻，圍觀的人居然很有默契地散開，拜祭的繼續拜祭，閒逛的繼續閒逛，本來就沒在關注誰的仙尊自然繼續砍自己。走索女與空中飛站得不遠，剛好能看到那一場交涉。難得出來，兩人自然不會見怪不怪地離開。然而儘管那麼近，近得可以聽到落腮鬍與巡警的對話，兩人過後憶溯，還是說不清那是怎麼一回事。可能也不算說不清，是很難有共識。

空中飛好奇的是，到底誰說謊。

走索女堅信，那是神明忽然顯了靈。

馬來巡警說，你們太吵。

落腮鬍說，因仄①，你聽聽哪裡吵？

馬來巡警起初還發笑，真的豎起耳來聽。那故意認真的模樣幾乎沒逗樂了空中飛與走索女。

可她們親眼看到馬來巡警的臉色頹然一變。他搓了搓耳輪又望了望四周，滿臉的難以置信。

人那麼多啊。——這一句已是巡警給自己下台的半感嘆了。

沒事嗎？

沒事了。然後警察就走了。

---

① Encik，馬來語「先生」之意。

沒見人賄賂，沒見人求情。沒見人通融，也沒見人請求諒解。僅僅是一個「你們何不聽一聽」的要求，與真的聽了一聽的動作。

大概就這幾句吧，走索女與空中飛就只記住了這幾句，和那張瞬間一變的臉。後來她們向團裡長輩們詢問也不得其解。或許也不是不得其解的，總括來說，有一派覺得是警爺們忽然長了腦袋看清楚局勢，發現裡頭刀光劍影的滿天神佛，於是多一事不如少一事地息事求去。

另一派堅信神明在最關鍵的一刻出手解了圍。

——怎麼解啊？

——落下個大罩，罩著所有人，把聲就唔見咯。

走索女每想到這一段青春期的小插曲，就要為自己那時的固執而發笑。她後來都說，那是因為吸下太多的焚香，被重複又重複的鼓聲鑼鈸所迷惑。要不是那樣，她斷不會看著爭辯得氣急敗壞的空中飛而無動於衷。空中飛覺得走索女不可理喻，說她比神婆更神婆。走索女真的就更不可理喻起來，她壓低聲量幾乎湊到了空中飛的鼻尖繼續問，不只那一晚回到營地時問，往後隨時一想起也問。

——不然馬打②為什麼會變臉？

空中飛的解釋很簡單，變臉就是因為識時務者為俊傑。走索女每一回問，她就變換著字眼地答，可那意思從來就一樣。最後一次實在受不了，直截了當地吼回去，說你不信就去問神吧。拿督公話罩你我就改答案咯。

那以後兩人都不曾再提出外幫團的事。

空中飛的角色再升一棒，成為單槓鞦韆上得連著接下兩位師妹的時候，走索女的走索功夫還不見太大的長進。老走索人成天抱怨眼懵耳鳴，也不每一場都親身上陣了。走索女倒是拿他將父親看待，原就打算一輩子照顧，反正她也沒想過還有別的繩索給她拉條不一樣的路。

走索女老做不了一個連續在鋼索上後空翻的動作。無論她再怎麼用心，凝神，

② mata，或mata-mata，馬來語原意是眼睛。因警察常有監視之任務，民間逐以mata作為警察的代稱。

定眼，收腹，吸氣，數拍，仍是怎麼樣也沒辦法說翻就翻。無數次掉下來，或無數次節奏被打斷以後，老走索人從細心調教換成了厲聲責罵，再從厲聲責罵弱成了無聲瞪眼。

又瞪了無數次之後，老走索人垂肩看著走索女，他說阿惠啊……。然後就什麼也沒接續了。

馬戲團最後那一年發生許多事。然而這許多事無需仔細爬梳，就能發現它們沒有一件不導向馬戲團分崩散夥的結果。先是病逝的動物無以為繼，然後是演出的機會越來越稀、入座者越來越少。原本龐大的移動城堡用所有人都能察覺的速度一路卸著石。團員陸續醞釀著跳槽與出走。有的出去了就不走了，有的裂成小隊繼續在村鎮間遊晃，直到有一天再也演不動，就把賣藝的牌子收起轉為全職的賣藥人。那時候靠的全是嘴上磨皮的功夫，原先壯碩的二頭肌或靈活的攀牆指悉數垂成鬆垮垮分不出筋絡脈搏的肥脂肉。

空中飛也是那樣離開的。走索女知道空中飛沒什麼選擇，她得隨著空中飛人一家子的退營而離去。起初她們也難過。那難過不靠淚水來堆疊，而靠走索女的靜默與空中飛的聒噪來彰顯。走索女越安靜，空中飛就越長氣。空中飛越手口不停地講，走索女就越想聽她怎麼說。她看她說得興起的手擺動幅度越大，自己的頭就點得越迅猛。她看她點頭點得無空隙，就把包袱抖得越密集。然而速度再快終究有個底。那就讓最高潮時刻的爆笑去填塞那個底。

最後一晚，空中飛講的還是團裡別人的故事。走索女聽得不只靜默，簡直還有點毛骨悚然。空中飛不知哪裡挖來一個無痛人流的經歷，說團裡一位雜技人偷偷尋密醫做了那手術。手術最後據說是成功的，因為真的不怎麼痛。

就只這回，走索女沒點頭。她不是不贊成，也不知到沒到了置喙的智慧。走索女就只靜靜坐著，一下發現彼此屁股底的板凳歪了支腿，一下看到空中飛左腳上的鞋尖磨了個洞。

——那胎兒呢。胎兒痛不痛？

這話她始終沒出口。

因為空中飛在她問話以前大嘆了一口氣，繼續用一種揭祕的語氣說著別人的家事。

次日一整個下午約莫也是平常日子般過的。空中飛的家當已經陸續遷出一點，空中飛人的節目一星期前就已經叫停。但那畢竟是最後一個在團裡的日子，走索女和她約好，中午那一場自己的節目一演完，應當趕得及到火車站送行。

那一場，走索女比平時更當心地走，賣力展現出一個職業藝人該有的心理素質與水平。她曉得空中飛不在場邊一如既往地看，可那原來就是老賣藝人對她最大的要求，那一場她特別想專心做好這件事。儘管她還是只負責前奏，向表演棚裡的觀眾先討些熱身的掌聲。老走索人上場時掌聲終於熱烈了一些。走索女隔了安全網仰望著鋼索上的走索人，並沒有發現任何的異象。

然而走索人就那樣毫無預警地在最簡單的一個動作上直挺挺掉了下來。看不到是不慎踩空，還是度量失誤。本來掉下來也沒什麼大不了，小鎮噓聲到底含蓄客氣一些。鑼鼓重新調好節奏，半空交錯的燈火虛晃夠了再次聚焦，暗示一切即將重來時，老走索人並沒有在安全網上站起來。

後來老走索人是怎麼被架下來，又怎麼送醫再怎麼送命的，許多年過去走索女依然說不清楚那情況。太亂了也太快了，以致到車站送行成了自然忽略的小事。

老走索人的驟逝彷彿拔掉了馬戲團班主身上的氣塞，噗一聲抽走了他體內硬撐的最後一口骨氣。不到三個星期，他就把移動城堡最後的殘簷斷瓦全部拆除，人員遣散的遣散，物資變賣的變賣，數十年心血全部化整為零。

走索女留了下來。

反正她也沒別的什麼地方好去，就在馬戲團最後的這一站重新開始。

起初是湊巧與人合資的小本攤檔，後來是攢了點積蓄頂下來的雜貨小鋪。日子一天一天過去就像當初在鋼索上一寸一寸地移，沒有什麼岔路需要煩惱，亦無什麼旁騖擾人心驚——況且這日子要比繩索肥大得多。連暗夜裡酒徒酒癮突發跑過來乒乒乓乓地敲她的門，她也一副應付自如的樣子非常淡定。打從辛苦摸透門路爭取到酒牌，獲許賣些廉價小酒後，她就做好心理準備了。獨身，起初還惹過鎮上誰的主意，可她始終興致缺缺，最後到底滅掉了嘗試者的耐心與勇氣。

黃昏六點，再晚不過六點三刻，她就關起鐵門了。空中飛還沒打聽到她住在這裡前，那鐵門要更難對付一些。鐵門本來年紀就大，旱季雨季地使，鐵鏽還好辦，就底下拉軌長了鐵疙瘩較難纏。空中飛打聽到她在這裡以後教了她許多時髦的事。比如有一種叫D某某的滑軌噴劑比潤滑油還好用。

——噴一噴，乜都搞定晒。

空中飛有一回在電話裡這樣唱，不久就真託人抬了一整箱的D某某過來。

那傢伙什麼時候變得如此持家有道的，走索女是有點好奇，但也沒打算去問。重要的是這東西還管用，很好使。老店屋西斜，下午四五點陽光就開始照進來。走索女得放下店屋前的竹簾擋一擋，免得把雜貨曬壞。空中飛那一整箱D某某，走索女給自己留了兩罐備用，其餘的就擺在店裡賣。起初詢問率也高，大家無不稱方便。可那藍藍綠綠的一大罐，每回只要噴一點，一大罐可以用好久。好久才等到有用完再買的人。

空中飛找上門來時晌午已過。星期日雜貨鋪休息一天。街上所有的店鋪都休息一天。一整條街道許久才晃過一輛摩托，那也像夢遊的人不小心開到路上來。走索女在後廳開著廣播劇打盹。餐桌上有剩了半碗的臭豆，還有半碗的分量留在豆莢裡。聽到隱約有人叫名字時她睜開了眼，關掉廣播後還在拍腦想：果然收音機開太久會有幻聽。

晃一晃腦袋後那叫聲還在。不只在，還愈發清晰而真切。走索女霍一聲站起來時碰倒一張凳，推亂一桌臭豆再閃過一地的雜貨，還驚醒了一條剛養的狗，總算撩開鐵門上的窺窗往外看。

真是空中飛啊，再喊不出人，就準備轉身的樣子。

走索女的啊字還來不及吐出口，就手忙腳亂地開鎖頭拉門。門倒很聽話一拉就退開。

好彩你有走啊。

好久不見了。

真的好久啊。

久得……，走索女忽然想不起時間，也想不出比喻。

晚飯後，走索女帶空中飛在鎮上四處走。馬戲團在這裡駐紮的一個月，她們幾乎沒事就在附近逛。空中飛看到什麼都訝異，重複得最頻密的一句話是咦，這路怎麼不通了。咦，咦。

走索女只幸災樂禍的笑，說當然這、當然那。似乎只有幸災樂禍地調侃，才能化解多少剛見面的陌生感。問起空中飛家裡，空中飛搖搖頭，說大人都不在了。自己家庭則不過不失。走索女想想，都見面了，時間摞摞長就沒繼續問。

走索女帶空中飛看當年馬戲團駐紮的那塊地。本來一大片的黃泥地現在一半鋪了灰水泥，有鎮上種可可的農民在那裡曬可可，還沒烘炒過的可可就是一股膠屎味。空中飛皺鼻聞了聞，走索女則早就習慣了。以前表演棚那位置前面築了道排水溝。空中飛原想直接跨過去，低頭又有點遲疑。走索女也沒把握，擔心年紀不小動作不敏捷，便指了指前面，繞些路，一樣能過去。

空中飛倒也沒堅持要去，只說站著看一看。看一看卻看了好一會。

後來還是走了。

空中飛上巴士前走索女忍不住說：多點返來啦。

說完又有點不好意思，覺得更生疏，只好搓搓手。

空中飛每月一通的電話就是從那一次開始的。往後想知道的、錯過的什麼事都可以在電話裡講了。這幾年空中飛也來過好幾次。每次她來之前走索女都沒忘記給鐵門下的滑軌噴D某某。這樣一來空中飛幫她開門關店，便都容易許多。要不然她看空中飛仍是那麼瘦，拉門時那一串鋸齒狀的喀拉、喀拉簡直耗盡她的力。

空中飛當度假那般的來。走索女常笑她唯一不變的本事是八卦。

——我帶點好古仔畀你聽嘛③。

空中飛總是這樣說。

走索女有時邊聽邊餵狗。空中飛在的時候她的收音機根本沒必要再開。餵完狗蹲下站起時費了點勁。她想自己這腰疼也已非一天兩天的事。回頭一看，空中飛也在邊講邊捶腿。

---

③粵語，意為「讓我說個故事給你聽」。

# 瑪喬恩的火

安在客廳與大家一起緬懷金妮最後的時光時，瑪喬恩借故走開，上樓右拐入金妮睡房，一看那床頭邊的菸灰缸就惱火。雖然那是安的。或許正因為，那是安的。

扎實的大床，四腿抓地，床沿有淺藍色碎花床單斜斜落下。床褥不怎麼平坦，上面只有一人份的凹印，像失鮮的肌肉久久無法回彈。

「要說幾次，」瑪喬恩幾乎惱羞成怒——金妮正在死去的某個下午，兩人多年不見後的首次重逢，瑪喬恩曾那樣提醒，卻用一種刻意漫不經心的語氣：「那樣子吸菸無疑存心找死。」罵的正是安。

某個見面的下午，金妮專注地扭動水龍頭，水嘩啦沖去瓷杯上的肥皂泡。水流急了，偶爾濺些出來，她敏捷地縮肚閃開，動作與表情豐富，似乎還呶嘴吹了個小調。眼前飛過一隻蒼蠅，被她用抹布「叭」一下就壓扁了。瑪喬恩在後頭想罵那蒼蠅，「找死」二字卻順水漏入下水口，連個吭氣的片刻也沒有。

其實是瑪喬恩自己心虛，提到死字便英雄氣短，愈漸聲細。

那時金妮還能自理生活。瑪喬恩在一旁切開一粒蘋果，瞥見金妮腰後垂下的圍裙繫帶有點油漬。前方近裙襬處也有。一些還是重疊上去的，顏色深淺不同，邋遢的樣子讓她差點沒切傷了手。菸灰缸在各個地方，在冰箱上，在餐桌，在窗沿，甚至在洗碗盆旁，且都插滿菸屁股。

現在，床頭邊的菸灰缸倒是空的。房裡仍然不缺陽光。黃金葛青綠而沒有頹氣。瑪喬恩強把視線從床上凹槽處移開——不知躺了多久才形成的，面積又因體型的日漸瘦小而節節敗退，在屁股和背脊的地方陷得最深。

瑪喬恩彎腰，捉起枕頭拍了拍，以手撫順枕套讓枕餡出落均勻。摸一摸就知道是人造棉，睡起來不怎麼舒適。「怎麼不換個好一點的？」

金妮沒有應答。那時候，以她那樣的體力，似乎也無需對什麼話都要有反應。瑪喬恩繼續絮叨別的，不像往常獨自一人時能從容面對沉寂。

其實那時金妮的精神還好。臉色比坐巴士來探望她的瑪喬恩還紅潤。瑪喬恩在路口的小車站下車時，臉被路途顛得發白褪色，腋下汗濕了一圈，悄悄低頭嗅嗅，慶幸今早抹了點除汗劑，復順勢將腋下手袋夾緊。淺黃色仿真皮手袋裡的瑣碎物件五花八門，甚至有一支食指長的鐵哨子勾在拉環的地方。防狼，或更可能的，防攫奪匪用。像她這樣上了年紀的女人，獨身、微胖而顯得腳小，似初來貴境、精神恍惚，最容易被劫匪盯上。儘管她已不算第一次來到這裡。

瑪喬恩下了車，順勢在小車站的欄杆上歇歇。半座臀山先是甩到欄上擱著，久悶的熱氣這才穿過短裙每個線孔，嘶呼噴出如集體放屁。車站背後的告示牌上都是廣告。廣告空白處有些塗鴉，瑪喬恩垂頭看了一會，大部分和上個月來時看過的一樣，無非是罵人去吃屎、下地獄、我屌你媽。生殖器官畫得真不好，比例全錯。或者XX愛YY再加個一箭穿心。三大語種都有。最意外的要屬這句：白天不懂夜的黑。雖然句子太老，比器官圖還虛假，但老舊而含蓄的總能戳中瑪喬恩的胃。她知道那是首歌，大熱天卻仍打了個顫。哎，肉麻。

是安給瑪喬恩打的電話，說金妮的情況也許不太好了，你來看看吧。

不太好？這事他們是討論過的，自然是趁金妮不在場的時候。比如說金妮最後的那刻到來時，誰要做那一個決定：讓她維持生命，還是讓她盡快死去。還有後事，葬哪、落土的方式，甚至靈堂上要放哪個名字：金妮，還是丁秀燕。極少提到金妮的女兒維安。

女兒維安剛才還從客廳走過，先天的黃髮似營養不良，毛毛躁躁地束成腦後一尾，耳輪散落一些鬆的，反倒顯得比實際年齡幼嫩。大概也因為沒和歲月耍過什麼心機，腦中沒用過的處女地要比已開發的部分多。金妮剛從醫院裡運回來，擺放在前廳正中，頭與牆之間隔著一個魚缸。電視機連架子被移開了。家小，這也是沒辦法的事。沒人理會說不在家裡過世的大體不能擺入室內的習俗。安不懂。女兒維安自然更不懂。還好有瑪喬恩。

魚缸正被黏上白色麻將紙。紙是從前金妮烘蛋糕時鋪盤子用的，不知存放了多久，邊沿有些發黃。瑪喬恩讓金妮的女兒維安去負責那事。瑪喬恩曾懷疑，維安不知認不認得全麻將上的字。後來又想舉千字圖、三字經之類的比喻，終究還是算了。金妮大概根本沒打算讓維安懂得那一些。

糊紙這樣的事明明白白，不用一再言語溝通，維安很順從。瑪喬恩雖沒奢望維安點個頭或有點反應，但看她轉身摸索工具，看她精瘦的背影，一時也只能靜靜看著。說不上是否真有期待。

女兒維安先從魚缸左邊開始糊起，用手鋪平，沒忘記在玻璃轉角的地方壓一壓，隨著魚缸邊沿把紙拉過去。幾次把紙拆下又重新調整，直到遮掉所有反光表面為止。維安一絲不苟地完成，魚缸裡的裸色雌孔雀則悠哉自在，浮近水面吐了粒泡，復往下沉。維安見牠沉下，隨手拿起飼料瓶撒了幾粒魚食，瓶內即無聲再響。只有這樣多。她伸食指碰觸水面，孔雀知無別物爭食，上來靠了靠後閉嘴彈開。不久再回來，等魚食浸軟發胖。一點都不似平常魚類愛狼吞的習性。維安乾脆把下巴擱在魚缸口上一起等。木無表情，或只有一種表情。金妮生前也不怎麼打理，說是死剩的種，任牠自滅。安則對一切都不上心。

靈堂照片已經送來。是金妮剛生下維安不久後照的，翻拍重洗。燙過的髮有點生硬，劉海呈波浪狀傾斜豎立，像額頭砸了塊盤子，已是那年代最前衛的心思。眉毛修得細長，六分臉繃緊，顴骨收得很好，下巴還沒有下垂。就眼睛瞪得有點不老實，老費勁張望。

客廳中除了金妮照片上的玻璃極微弱地反著光，其他的鏡子或掛畫早已讓白紙糊住。這樣，如果金妮回來想照照鏡子，就只有靈堂前的照片可供選擇了。當然啦，即使她那樣做，看的也是最光鮮的自己而已，瑪喬恩這樣替金妮著想。

照片是安選的，瑪喬恩知道。金妮和安在一起的那些年其實也沒照什麼相。倒是瑪喬恩房裡的存檔要多些。畢竟是曾經同生共死過的，每個階段都想向時間討回些分量。

「同生共死。」金妮，不，丁秀燕某日說的，整個粉臉朝枕頭這端撲來。說完即因也感覺太粵語殘片而笑得渾身亂顫，床架吱呀作響。那時睡外側的瑪喬恩也笑，頭有意無意往床外沿躲。冷不防床頭板另一面被人「碰」地踢了一腳，不耐煩地喊了聲吵：「不就掉了錢包說吃的玩的都由她馬美蓮付嗎。」

畢業旅行留宿的廉價旅店，一間房要擠好幾個人，是同學受不了兩人不肯睡覺的細語而發飆。瑪喬恩吐舌，當下就靜了。金妮掄起拳頭不客氣地敲床頭回敬。同學不忿，馬上回擊一腳。於是你來我往半嬉鬧半認真，大半夜後玩累，也就一一睡去。四周逐漸靜了下來，瑪喬恩倒比玩鬧前更清醒，百般心思卻不敢翻身。偏著頭見身邊金妮不似假眠，垂著眼抖著眼皮看了一會金妮平穩起伏的胸，不知不覺，也互靠著頭睡了。

還有更同生共死的，是出國念大學。兩人幾乎互相攙扶著一起出去，一路跌跌撞撞。飛機掙脫地心昂然翹首那刻，紛紛緊抵著椅背喊了口驚。金妮的家人沒到機場送行，似她抗爭勝利後的必然結果。

金妮或許還懵懂，瑪喬恩倒是真感到悲壯，她的行李幾乎超重，有一種風蕭水寒的準備。瑪喬恩知那時誰也不看好那國度，不論你上得了多好的學校，回來那文憑終究是廢的。兩國剛正式建交，學生簽證這樣的安全感還不普遍，要去，只能當普通訪遊，可那也是互相暗防著的。繳了費且身家清白的，說讀便讀，只是得半年出入一次做一回安分國民，若不照做便當逾期逗留查辦，千里萬里遣你回來，以後別想再走。況且還是兩個少女。這事讓瑪喬恩警惕不已，每半年的某些天日，是要當末世審判日來反覆提醒背誦的。提醒者大多是瑪喬恩，拉著金妮到境外打個轉，在護照上蓋章，三兩天便又若無其事入境舊地。

還有一次在大學上電影史，課堂裡放老電影《大路》，因為是默片，對白都是字，僅戲裡眾人合唱歌舞時有音。於是大半個課室全罩在一個無聲洞底，偶有衣角摩挲，全都一清二楚。明明是張口要喊的戲，戲裡主角張口一呼，畫面霎時換了塊文字板，像極聾子啞巴對戲，看得很壓抑。瑪喬恩和金妮坐在一起，原就不感興趣而心不在焉，見是無聲，更悶。金妮直打呵欠，很小心了，仍免不了上下顎猛地咬合時發出的細微聲音，惹得右側同學頻頻白眼。瑪喬恩坐她左側，偷偷幫著用筆尖戳、用手指擰著讓她清醒，自己卻也沒信心挺不挺得過去。

直到有幕戲裡二位女角因事高興歡呼，較強壯的女二號轉身把女一號攔腰一抱，居然將人家整個抱起就地打轉，勇猛形象震得課室眾人「哇」聲四起。最後跌坐椅上，將女一號身體打橫放斜，整一個姊妹情深。兩女還在興奮對著話，冷不防女二號一掌拍落女一號胸前，如翠樹擒波，看得課室裡男女一下就炸了鍋。驚嘆藏著賊笑連連。爾後老教授分析，三、四〇年代默片性別意識模糊，直到後來那部《黃土地》出土，接連下去的電影才有了具體的女性與男身。這事瑪喬恩亦記得清楚。在金妮和著眾人鬼笑時，自己也笑，卻有意無意躲過了畫面的光。電影接下來再沒有那類的接觸，金妮繼續走神。瑪喬恩鬆了口氣，卻想到同生共死。

想到「同生共死」這樣的字眼，原來惱火的瑪喬恩不禁有點驕傲。好不容易摸路留學，修了什麼學問現在自然已成煙成屁，倒是當驚覺現實情景與想像不符，分別觸及兩人無退路的自尊，方才想起兩人還真有過一段互相拉拔著喘息的日子。就那拉拔著喘息的日子，前半段，讓她願意記住卻不輕易提起；讓她安靜看著維安笨拙而執拗地一遍遍糾正麻將貼紙的位置，而始終沒有上前幫忙。

是金妮率先把自己喚作「金妮」的，似給自己想了個方便讓人記住的名字。或許也不是真想讓人記住，只為了顯示與眾不同，好長得更像留學生一些。像她們這種臉孔膚色的，混在東方人當中，誰也懶得理會誰——不都自己人麼，又不是藍眼白皮，或黑額焦髮。原是衝著個什麼地母的概念去靠近，近了卻又葉公好龍。想說是看得太清楚，知道那地理全然不是那回事；說到底卻是因為眼界長了心思細了，懂得了人種地位之分。於是把原來的「丁秀燕」給埋了，順道給「馬美蓮」也理了個新裝，喚作「瑪喬恩」。說話的口音要更趨進口，最好像老外，不再刻意捲舌兒化，笨拙的舌反倒顯得身分矜貴一些。吃飽沒事時反省，便安慰自己說是保有不被同化的尊嚴，實則開水燙腳似地迫不及待，跳到另一塊寶地去歸順。不過剛到異地留學了半年。

那以後運氣似乎一下變了。先是沾沾自喜與港澳台學生並不住在同一棟宿舍，接著也不逢人就說念的是中文，只說在大學修課，留學生。語氣要漫不經心，動作要無辜一些；接著等待對方的訝異：啊你中文真好，且真屢試不爽。起初瑪喬恩還感彆扭，似赤身裸體站在鏡子前陶醉自照，赫然發現乳頭邊長了根不合眼緣的毛。不知它何時長的，對面相、財氣有什麼影響沒有，拔掉不是，不理也不是，只好等它自行掉落消失。消失的時刻其實早就不在意了，終究因習以為常而變得不以為然。這樣，瑪喬恩便只記得自己叫瑪喬恩了。

金妮回頭說不。那夜，入夏還嫌太早，瑪喬恩從小酒館中拉出了爛醉的金妮，知她臉上的妝必定化成一團。那些高個子藍眼睛豈是個個都憐香惜玉，靠得太近便以為一切都是你自找的。少見的雨喧囂而至，瑪喬恩半拖半拽著金妮回房，臨近女生宿舍，金妮在雨中忽然扯開喉頭大喊：馬美蓮馬美蓮馬美蓮。

瑪喬恩都要忘記她在喚誰了，猛然想起，才曉得應答：丁秀燕丁秀燕丁秀燕。

代價是瑪喬恩病了一星期，冷極肺炎；金妮倒是第二晚又生龍活虎的找朋友去了。瑪喬恩一人在房裡昏昏沉沉，時而記得老家門外的紅毛丹，時而奔跑在屋後無盡頭的巷，或囁嚅著幼時童謠，那什麼氹氹轉菊花園①，炒米餅落米田；阿媽叫我

① 粵語童謠，指旋轉的遊樂場轉椅。

睇龍船，我唔睇，睇雞仔。雞仔大捉去賣，賣到……賣到……。賣到什麼，最末一句總是要忘記。

瑪喬恩想念金妮時，金妮的形象總是先在廚房裡出現。比如說，金妮正在宿舍廚房裡燒一鍋玉米濃湯，低頭捉著木勺子攪拌，忽而嘴角延笑，卻又馬上打住。像濃湯水泡爆開噴出鍋沿，馬上使抹布擦去，怕乾後難洗。

瑪喬恩給馬鈴薯去皮，浸泡入水，知她想著什麼，問她：今晚還下去麼？金妮說：嗯，提起鍋柄讓鍋子傾斜，把三人份的玉米湯分入瓷碗。

宿舍廚房在五樓，有一扇往外敞開的窗，空氣冷颼颼貫入，把廚房裡的微熱替換出去。金妮說「嗯」時行近窗口，順勢往下望。宿舍前的草坪上還沒有人。安他們還沒開始聚集。說是傍晚五點後開始，誰來都行，歡迎發揮各自的創意去表達反戰的意願，條件是不能喧嚷。

哪個國家又侵占了哪國的島，以正義之名，據說其實是無理取鬧的理由居多，所以大家要一起反對，金妮把湯均勻地分成三份，連起戰禍糾紛的是英國與阿根廷這兩國也說不清。瑪喬恩沒答理，冷眼見她把最滿的一份裝入保溫壺，準備提去給安。

春季早晚溫差仍大，夜間室外氣溫接近零度。金妮前一晚原是站在廚房內看著安與同伴們靜坐。安身上裹著白色床單，不為保暖，只為某種表達訴求的形式；比方說，一整夜披著白床單在草坪上沉默地繞圈。看下去真像鬼，金妮剛把面膜敷上，拍打著臉站在窗邊，假裝隨意同瑪喬恩開了個雙關的玩笑。

在瑪喬恩眼中，這些動作看起來實在太隔靴搔癢。在瑪喬恩眼中，大部分事情都是隔靴搔癢的，包括金妮對安的欣賞與愛慕，加上那壺保溫壺內的濃玉米湯。

五點正，金妮提著保溫壺下樓。草坪上，有人在兩棵瘦弱的樹幹間拉了繩，吊起些字。安頭上纏了塊白布，握著毛筆弓身，伏在一張大白紙上寫了個「和」，往左移移，再寫了個「平」。最後那筆灑脫地一豎到底。旁邊有土生土長的人拍手，大驚小怪叫好。安誇張地抱拳致謝，弓身伏地再寫，很動感情。

瑪喬恩記得安在課堂中向她及金妮討教，請她們給他想個中文名字時的神采。後來金妮建議叫「安」，作為安原來的姓——Anhell的替代品，說那字音義皆具，且總比原名像地獄來得強。安原來的故鄉沒人懂中文，但安在這裡想要一個中文名字。安原來的名字，在他母語中有天使的意思。瑪喬恩知道金妮其實被那名字打動；一個叫天使的男人，和一個容許男性成為天使的國度，讓人不期然對那空間充滿幻想。

往後金妮繼續與安交往，越來越多瑪喬恩想懂卻沒機會懂的過門。因為金妮沒叫她同行。好幾次她看著金妮著裝，看金妮試襪穿鞋，口上絮叨著搭配這個那個，臨近房門也沒轉身，揮揮手便出了去。瑪喬恩假作專心看書，或若無其事聊點家常，可胸口到底有點悶；雖不像電影裡演得那樣磨心，亦不像字典裡的排序規規矩矩。金妮遲遲未歸，她躺望著對面床鋪淺淺的一個凹影。忽有股火氣，遂狠狠以掌拍熄了床頭等待的燈。

瑪喬恩有時深夜也作夢。夢自己變得伶牙俐齒，敢於直斥金妮胡鬧；夢自己濫情到底，厚臉皮聲淚俱下哀求金妮別走；或乾脆大發雷霆，把安轟到門外不再准他進入。再不就想她們一起離家的目的，想她們的經過，想一些難以啟齒卻又應當了然於心的暗事。夢醒，仍是和和氣氣，連嘆息也不會有，更控制著不去自憐。

瑪喬恩認為自己可沒改變過啊。她是有點懊惱，但不惱火。金妮卻永遠像在煮一鍋不易煮熟的湯，且再糊也不願倒掉。

隔年金妮就義無反顧地懷孕了。安把她帶回國，說是結婚，其實躲起來偷偷生產。安的天使之國沒有保障未婚媽媽的法律。金妮原來的國家壓，除非孩子在本國出生，若不，孩子將自動跟隨父親的國籍，被剔除在母親的家國之外。「法律保障男人，因為那是為他們而設，」金妮信裡出現這樣的句子，讓瑪喬恩感到陌生。

雨夜，瑪喬恩在廚房裡讀著金妮寄回來的信，讀畢猛地推窗，想要大喊：丁秀燕丁秀燕丁秀燕。口一張，卻僅僅只是口一張，什麼聲音也沒有。胃一陣抽搐，倒有點膽汁和著胃液翻騰而出。雨中到底無人應答。

金妮的信繼續寄抵，說肚臍日漸突出。說偶爾出血以為終將流產。說天使國醫療制度只允許在懷孕期照一次超音波。安經常不在。懷孕又不是生病，何須過分驚心。腹中小物頭大身小，手腳一共四隻，彎身蜷縮，下巴一動一動宛若喝水。

瑪喬恩讀著信。金妮從前在床上也這樣蜷縮，忍受著生而為女人獨有的痛，每月一次，如貓爪在腹腔中磨剮。金妮倔強地閉目，側身盜汗，右腳五趾在牆上刮抓，一下一下把板牆刮得吱吱作響，以此轉移注意力抵痛。瑪喬恩聽得頭皮發麻，看到後來金妮的女兒維安，總要懷疑她就是那腹裡騷動的貓；明知想法無聊，卻有點小恨。

瑪喬恩從胃不時抽搐嘔吐到逐漸平靜，當中花了五年。躁鬱發作便啃自己指甲，以致指甲下的肉都要反包抄，在指尖包成肉瘤，幾乎要妨礙指甲繼續生長。指甲心不時會痛，如縫衣針倒刺，瑪喬恩不理，大概也真不知如何去理。後來也就慣了。

直到回國，直到金妮一家三口又坐在她面前。瑪喬恩的指尖簡直忽如紅蟻啃咬，隨時掉下碎屑而憑空消散。所以她們沒有握手，也沒有擁抱。沒人提起金妮忽然舉家回國之因。回到原地，大家依然沒喚原名，連安大概也忘了自己曾叫Anhell，他母語裡的「天使」。

安一貫神清氣爽，永遠像個廣告寵兒，走到哪都似在向人推銷著什麼；再也不談反侵略。中年發胖的跡象在他身上還不明顯，惟有髮線從太陽穴兩邊微微上縮。瑪喬恩覺得那像海水慢慢退潮。

每一次安低頭，吸著一管檸檬或呷一口咖啡，瑪喬恩便不可避免地望到那頭頂。然後常於心不忍地讓目光順勢晃過，直達安身後的電線杆或正在移動的什麼；自然不與金妮眼神交聚。

瑪喬恩畢業回國後在老家工作。金妮一家三口這回搬到另一州，當中橫臥大片森林沃野，一條大道儘管筆直，不願意走走便是曲折。回來後信自然不寫了，其實回來前幾年早已不寫。瑪喬恩亦早已預見那結果，只是真那樣了，仍寧可相信是時間誤點、是生活太忙。二人通信起初都不在信末寫再見；起初或是金妮粗枝大葉，後來則是瑪喬恩心細，刻意不寫，避諱那是永遠不得再見的心思。於是信的內容總像戛然而止，有時連名字也沒簽上。其實更表示未完。金妮接著寄來的信也那樣，瑪喬恩卻不敢肯定，金妮是否亦察覺了那用心。到後期幾張賀卡，中間因金妮又遷了幾次家而有過空檔，這小默契就破了。第一次用再見，瑪喬恩沒特別留意；後來一用再用，瑪喬恩終於有過一次感慨。只不知道這再見，指的真是回來。

瑪喬恩和金妮一家出去的次數有限，幾乎每回都趁瑪喬恩工作出差路過之便。每一次兩人都努力讓彼此覺得自然，如同舊時記憶無礙。安開車坐在右邊，前座左邊是金妮，瑪喬恩坐左邊後座。女兒維安還小，但也曉得一人安靜靠右窗而坐，只靜得不如平常。車上永遠開著國營電台，新聞要換幾種方言來播。其實也沒人有耐性去聽，作用只在消磨一些對話過門中的死角。瑪喬恩這幾年的話雖然多了，職場上訓練來的一套，想不在這樣的組合中用，卻止不了口。金妮表情則疲累得多，似迅速更年。

去哪裡吃晚餐呢？

金妮建議往左，越橋，河堤對面有家不錯的小飯館。

臨近橋墩，安一轉方向盤，卻拐右開上兩排老街店中間，一貫吊兒郎當的語氣逗著維安：這真是個吃葡萄牙燒魚的好天氣。

金妮無話，看著旁邊一架小綿羊騎過。瑪喬恩在後座朝維安笑，維安雙腳一頓，蹬掉了鞋子。

這鎮長年如夏，其實不怎麼適合露天咖啡館這檔次的生意。只有夜晚稍涼一點，眾人樂得讓霓虹替代星星。大家坐著等待傳說中的葡萄牙燒魚。瑪喬恩想，這與從前的星夜還是不一樣的，是吧，金妮。問話時無意輕拍了下金妮手背。

金妮抽手整理女兒維安的餐具，隨口應了聲：嗯。其實誰記得哪次的星夜。甚至不能確定瑪喬恩是在說星星。

兩人終究似想起共同的什麼而大笑，偶爾掩嘴，前俯後仰；這段子沒笑過去，瑪喬恩心裡已盤算著下一段，免得無話可接時引起沉默的尷尬如褲襠突然綳線。金妮那裡也談點往事，倒不怎麼怨恨日子都丟空了，缺少點新故事填補。

維安捉著湯匙與叉大力敲打桌沿，捲髮、藍眼、皮膚白皙，整一個洋娃娃扮相。安在一旁拍手鼓勵，不離嘴的菸讓他看起來像管煙囪。

瑪喬恩看著維安大力敲打，恍恍惚惚覺得就伴隨著這打，什麼事正在他們當中滋長，什麼正靜靜死去。毫無預警的，維安忽然大哭。瑪喬恩嚇了一跳，這好像是她第一回聽到維安發聲。安停手撇了撇嘴，嘀咕著彈掉了菸灰。金妮抱起女兒說是有了尿意，要上廁所，留下二人去尋合適的地點方便。維安渾身亂扭，不似一個快滿五歲的小孩應有的肢體語言。金妮也不多安撫，熟練地抽起身體拉了就走，直到轉過食攤廚房還能聽到維安單調卻蠻橫的哭聲。瑪喬恩第一次發現金妮變得如此安靜，自己則變吵了，吵得像維安的哭聲般單調，可始終不敢蠻橫。

金妮和女兒一走，氣氛就有點冷。瑪喬恩似乎沒有這樣單獨應對過安，雙腿在桌下合靠了靠。安倒從容，已習得一手捉筷子功夫，施施然撕裂著葡萄牙燒魚，下巴朝魚指了指，示意瑪喬恩也吃。瑪喬恩禮貌地笑，起筷也夾了；只夾自己前面這一方。接著幾筷夾的也是那裡。

兩人稍稍聊了點安國家的局勢，瑪喬恩是隱約知道過的，安的國家垮了，所以也不好問得太明，免得安難堪。只忽然想到從前易名的事——她和金妮為了跳板，安何嘗不是。然而如今看來誰也沒多撿了便宜。

再有聊起的，因有所避忌，開了條路給生活各自的忙，日子就更陌生了。

那次見面以後，再重逢的地點已在醫院。瑪喬恩又出差，路過金妮住家的市鎮，打了兩通電話卻找不到人。適逢雨季，雨下起來誰也不認，就顧著趕人。回到自己城裡又耽擱了幾天，再打，是安接的電話，才知金妮進了院，腋下長了顆瘤，連帶乳腺也有了點問題。忐忑著南下再探望，金妮剛動了手術，正躺在病床上輸液且熟睡未醒。

維安被留在家，安上班。瑪喬恩在床邊獨坐著等，胡亂揣測病床上病床邊躺著站著的人，莫非都在等著某些事。金妮熟睡的姿勢不變，也不用一直替她拉好被子。瑪喬恩翻了翻報，沒仔細看什麼新聞，隔壁不相識者過來聊了會不著邊際的天。一個下午過去，胡思亂想間金妮總算醒來。眼睜了條縫，認出是瑪喬恩便掙扎著坐起，手順勢往前抓挺，姿勢居然有點像黑白無常現身唬人。

瑪喬恩可沒想到金妮這樣醒來，愣了幾秒，等金妮的手在半空抓了幾抓才曉得接上。雙手趕緊回握。原來試著憑己力坐起的金妮那刻倒不掙扎了，手在半空勾著。瑪喬恩也那樣握著，以為彼此想說什麼，其實腦裡一片空白。

金妮出院以後，有過一小段稍稍平靜的日子。瑪喬恩請假到她家小住，開始聽懂金妮真正的情況，比如維安的自閉和安的始終吊兒郎當。但也是自己觀察得來。金妮不刻意敘述，說自己的事時聲小，說不關己的事時聲大，維安和安的事多是夾雜著對電視節目的評比才偶露端倪。瑪喬恩體貼地忍住不問，也不去亂猜，往事高束，這樣更顯得一如即往。兩人身材互望著當下積累，就胖了。

廚房裡，金妮專注地沖洗瓷杯上的肥皂泡。瑪喬恩在她身後把蘋果切好，捧起瓷盤仔細排成十二角星，剛要轉身洗果洗刀，金妮正巧也涮完杯子回過身來，兩副中年發脹身軀微微相撞了一下，互相挽扶以免一方摜倒。這是患病以來，哦不，這是重逢以來最親近的相接啊——瑪喬恩這樣惦記。

幸好沒有弄傷，瑪喬恩咋舌說，握刀的手往另一方向伸得老遠。金妮歪頭笑笑，並不急於站穩。

瑪喬恩不解，金妮為何總只有笑，頂多嘆兩聲息，而再也沒有崩潰大哭。她留意到金妮看女兒維安的神情，也冷靜得很。從前老聽人嘲笑連續劇中要角性格前後轉折太大，太戲劇性了便顯得虛假；可瑪喬恩曾趁金妮午睡、閒聊或走神時注視著她，感覺她回國至今心情起伏都不算大，便懷疑這又是哪一種真實。若舊時少不更事，試探手法或能直接用細針去刺、用脾氣去搗，現在可不敢，心裡大概也不願真的有效。

直到金妮癌細胞擴散到肝，再到脊椎與整個的背，瑪喬恩接了消息一垂頭，時光才驟然黯淡下來。日子倒似趁著這一黯而混水摸魚，快手快腳翻了幾番。金妮日漸消瘦單薄，瑪喬恩自己卻控制不住體重似一味地長，像皮肉比內心更容易自棄。

或許，那毒細胞曾經拚命搔頭作過選擇，最後寧可停駐在金妮乳房之上。瑪喬恩曾這樣想。它或許猜到金妮已經累了，是趁虛而入，比較省事。但這也是女兒維安上了中學以後的事。女兒維安的語文能力並沒有同時繼承父母背景的優勢，反而遺傳了語言最乏力的因子。所以她蒼白、沉默、無趣，只會漫無目的敲打；起初總是欲言又止，後來簡直就是舌頭斷在口腔裡，害怕一開口，就連口也一起掉下來。

這真是物極必反，瑪喬恩心想，當初金妮與安都能言善道。但她更傾向於把帳算在老頭身上。

她現在可以肆無忌憚地喚安老頭了。且開始不用略過安的頭頂直視那些殘忍的剝落。她現在看安真如看一管移動的，哪處能依靠就過去靠一靠的煙囪——不是麼？從他改名叫「安」開始，就這樣滑頭了——瑪喬恩如此深信。她偶爾陪金妮進出醫院，安開車到小車站接她，把她載到醫院門口，放下，離去。這叫仁至義盡，對吧？——瑪喬恩這樣評價安。金妮曾說，安畢竟沒說要離婚，雖然兩人已許久不同床共眠。安真正的想法，瑪喬恩其實從沒認真在意。她覺得現在這樣反而好，因為更確定了之前原來從不關心，反倒讓她開始從容地與安說話。對話通常都在車上，在去往醫院的途中。

這樣，瑪喬恩亦覺得自己重新與金妮親密起來。她們重新成為知心好友，知心得直接讓對方知道自己的避諱，直接用口說我不想談，而從前只能靠著感覺與摸索。現在誰也不再提起白床單、雨夜、痛經、只照一次的超音波。她們開始積極談論時事，而不談歷史；同時感嘆鄰居的遭遇，卻從不感嘆時間。她們假裝這城市與她們無關，所以敢於盡情責罵，像個不曾住在這裡的局外人似的，毫不體恤現實。還未入更年期，她們就一起老得很憤慨。且自然記得，避談生死。

慵懶午後，金妮懨懨欲睡，瑪喬恩坐在金妮病床邊，寧可給她念一小段書，而沒有同她說起醫院走廊上見過的大事小事。有時她只念了一段，金妮就睡著了。有時她念得唇乾舌燥，金妮卻還睜著兩眼，直視前方恍如牆上有瑪喬恩書裡印的字。瑪喬恩停下不念，她良久才曉得回頭。

不申訴痛苦時金妮就笑。有時因為一睜眼就看到了瑪喬恩，有時甚至沒來由地，僅僅因記得住什麼而笑。最後的那一段時光，瑪喬恩覺得金妮對著她笑的次數比她一天中上廁所的次數還要頻。但那彷彿是金妮能自主的唯一事例了，瑪喬恩便也由她去，不細問。

瑪喬恩始終沒告訴金妮，她在醫院樓梯間的發現。那道她到病房探訪金妮時天天上下的樓梯，每道階梯前端原有三條小淺溝，作用是防滑。可人腳上上下下，階梯中段的溝紋都快被鞋底磨平了，只有靠牆和欄杆的兩邊依舊清晰，沒被人踩過的痕跡。瑪喬恩其實看得觸目驚心。她原想說些笑話舒緩那心驚，比如：人就是跟屁蟲嘛，愣是要走別人踩出來路；又比如：承包工程的建築商就是偷工減料啊，選了不耐磨的便宜瓷磚來交差，消費人就只好自己顧自己咯。然而不管她再怎麼扯，最後都會聯想到那些腳步都不輕，心事都很重。

瑪喬恩拚命忍住說起那道樓梯的欲望。怎麼可以呢，怎麼可以最後還說些無關痛癢的小事。她很清楚那是最後了，她必須守得住最後。她成功忍到了金妮在醫院的最後一刻，又忍過了金妮被移送回家，擺放在客廳的那一刻。直到上了樓，看到金妮房裡床頭邊的菸灰缸，她才酒醒般記起：啊！還需忍些什麼呢？——這好像才是她忽然惱火的真正理由。

# 黃金格鬥之室

妻把衛生紙一張一張攤開，仔細鋪在馬桶邊沿。馬桶周遭的地面也努力鋪上一些。整好、掃平，才囑我進去方便。

我小心翼翼行動，不落成她的把柄，無奈總有那麼幾沫在最後關頭失足，明明每一注都有了歸宿卻還要不安分地彈跳而出。細小如鹽的尿漬因紙質的賣力吸吮，足足放大了好幾倍，不止馬桶前沿有，腳旁地面以為風馬牛不相及之處竟然也有，越去瞪視，一顆一顆越不知死活地發脹挑釁。

心虛且不容抵賴。妻指著衛生紙上，在她眼中大概已變成方糖大小稜角分明的戳記抗議：你自己看。

我當然自己看。只是沒想到平日肉眼監視能安全過關的衛生水平，在妻猶如吸墨紙體質的感官世界裡依然不堪一擊，劣跡無所遁形。我曾想過這世上有種鷹眼的構造，是專門設計出來對付這類善男子的粗心，不，是把所有不在它應該待著的地方的尿跡（僅是尿跡！）化成螢光汁液，一一登記肇事者並記下時間與力度，再祕密送往鷹眼主人處建檔打印，核實資料後建議一種（大半行不通的）姿勢或行為調整方針，讓站尿者沒一頓好過。

默默彎身收拾殘局。說到底我懷疑是馬桶構造出了問題。某日聽說，日本松下電工曾設計出一種防止排泄物回濺的馬桶。一些馬桶為了避免糞便玷汙便器，內部常積存大量的水，然而水積得太多，排泄物落下就容易回濺弄髒。於是為了找到平衡點，研究者做了不少關於水深與回濺程度的調查，最後得出「水深四公分以下，回濺程度最少」的結論。

倘若能有這樣一具馬桶，問題大概就能解決了吧。知道松下的結論以後，每一回沖刷馬桶時我都這樣想。

妻不置可否。

而我總能在妻的不置可否中感受到她隱隱的不屑，以為我又要開始拿舊事搪塞，掩飾技巧的笨拙。妻沒有經歷過無廁所可用的日子，她生命的順遂讓她以為一切本就如此自然，像舉凡屋梁必得封頂，汽車都會備有駕駛盤一樣。

我有。雖極之不願回想，可又實在忘不掉那段與外人共同方便的荒謬與不便的經歷。於是偶爾也抖出來談談。當一場笑話或苦盡甘來什麼似地，和人談談。

你很難想像那是怎麼一回事，我說。事實上我也不甚了解。只知道從我被告誡不能再隨處大小便開始，那廁所的身世就已經那樣。

它原來建得好好的，鋅片頂、木板牆，中間一剖硬隔成兩半。站在門口正前方打量，左半邊是浴室，浴室一角有磚砌的水缸。缸底缸面都糊了水泥，天色一晚，即使缸不怎麼深也顯得水色有點暗沉。右半邊是廁所。蹲式便盤像巨腿在地面踩了個洞，邊上還有曠日經年的縫，長著一些無法剔清的淡褐色黴斑；以放大鏡視之，必將飽滿肥大如優質水源下成長的怡保豆芽。

蓄水箱往下透了根塑膠管，自己則靠牆靠得有點斜，如廁者拉一拉，隨時有當頭罩下的隱憂。拉索以青紅二色塑料繩捻成一撮懸垂，根部隨意打著不算小的結，斷過幾次便有幾次接駁的痕跡。

廁所左牆鑿了個剛剛好的洞，從隔室透過來一柄T字水龍頭，底下擱只塑料桶，盛滿了水供小解後沖廁。廁紙得自帶，因為誰也不想被人占些不大不小的便宜。

不知當初礙於什麼考量，屋主要把廁所建在房子後頭。準確地說，是房子的後部，穿越廚房，跨過一條小水溝後的院子中。更精準地說，院子裡落了兩戶人家，彼此沒什麼血緣關係，甚至算不上同鄉。租戶是兩家共同的受限身分，因廁所只有一座，於是又成了兩家共同看照的資產。

妻來不及參與那段兩家一廁的時光，於是總問些不痛不癢的問題。比方說，要是兩家各有一人同時想上洗手間，那要怎麼協調。

我說那不痛不癢，是因為那根本不會是個大問題。你想，即使在同一間屋子裡的同一家人，不也會出現同時想上廁所的時候麼？你在這狀況底怎麼解決的，我們就怎麼解決的。

那又痛又癢的問題是什麼？——妻有時也不那麼好氣。

那就得說到瑪戈特的身上去。

瑪戈特沐浴時一般沒人敢跟著進去。這話混帳，兩家自然誰也沒有共浴的習慣。即使姆妹太小，小得還夠不著水缸裡的舀水勺而需要瑪戈特替她洗澡，那也不叫跟著進去共浴。

瑪戈特和姆妹，是兩家最親近的關係了。瑪戈特早晨必會洗澡，家裡上學的上學，忙活的忙活，姆妹年紀最小以致醒來便無所事事四處巡查，多在院子裡亂走。她會在一種神奇的生理時鐘感召下知道瑪戈特的沐浴時間，並在瑪戈特往浴室鐵桶兌好熱水後準時現身，讓瑪戈特替她洗澡。

有時候我沒上學，總會見識到姆妹三歲的執拗如何搭配瑪戈特數十年來不變的生活習慣，打破兩家的疏離關係，一起交流。瑪戈特哼歌，哼她自己大概也沒能背下多少詞，所以每回皆有新意的歌。姆妹則打從出生起我就只聽過她的哭與笑，連父母也沒喚過一聲爸爸與媽媽，更遑論稱呼身為她哥哥的我。

母親很早就擔心姆妹聾啞，未滿周歲即不時舉著鈴鐺玩具猛搖以吸引姆妹的注意。姆妹心情好時也願意給一些反應，更多時候卻是耽溺在自己的世界裡玩她的笑她的。有時你以為她心有所動，直盯著眼前玩意伸手欲抓，你遂興奮地越搖越烈、越舉越遠，可一旦讓姆妹看出你在耍猴而根本沒有將玩具獻上的意思，她會即刻果斷地扭頭尋找其他逗樂自己的遊戲。母親往往心虛投降，最後奉上的玩具總差點碰及姆妹的耳輪（可能仍有不甘，始終不想放棄音控的心思），可她不轉頭就是不轉頭。

說不準是不是脾氣倔，有時姆妹也會忽然轉身盯著玩具瞧，瞧後也果斷地伸手來取。不過多試幾回，終究要發現那是因為視覺的驅使，而非聽覺的誘引。

母親久而久之也認了命。包括姆妹與瑪戈特的更親近。

瑪戈特一家三口什麼時候存在的，那歷史與我什麼時候開始意識上廁所必須把門關上一樣記憶模糊。每個清晨六點，我未睜眼就聽到瑪戈特的丈夫拉開門閂，趿拉著木屐上廁所的雜音。他擰開水龍頭，我不知道為什麼他就一定要先擰開水龍頭，讓水細細地流入塑料桶，製造出水桶越裝越滿的聲音。那聲音讓我焦慮，也讓我快手快腳爬起，衝進隔壁的浴室打一盆水梳洗。

然後是窸窸窣窣摺疊報紙之聲音。把「核」這個音拉得很長，再猛地一聲「凸」的棄痰之聲音。水勺與水桶碰撞之聲音。水從水桶裡被舀起來潑灑便盆之聲音。大力拉下蓄水箱繩索，滿缸儲水瞬間傾下之聲音。到最後是瑪戈特的丈夫放開手，水泵自動彈跳回原位之聲音、水流重新進駐灌滿水箱之聲音。

雖說是焦慮，但那也是我辨識時間的分寸。姆妹生活中少了聽覺的輔助，在感應時間這一點上並不比我來得遜。後來我逐步成年，才摸索出聾啞姆妹認識這世界並判斷這世界的奇異方式。

在我們與瑪戈特一家因為語言不通、習俗不同，即使同住一塊地、同在一個坑上淨身排泄也盡量互不干擾，各自遵循原生習俗過著各自的小日子之餘，姆妹已能怡然自得地半伏在瑪戈特腿上讓瑪戈特洗頭。

瑪戈特替姆妹洗澡時從不關門。她衣著完整地只把花色沙龍下襬拉高，對摺後塞在腰間褶縫裡。於是我毫不費力就能想像，全身光潔的姆妹安靜趴上瑪戈特的腿，讓瑪戈特先在她後背潑灑些溫涼的水，然後才輪到長著齊耳短髮的頭顱，手並順勢在姆妹頸背輕輕搓磨個幾下。姆妹服帖如被生母哺乳餵食，叫翻身便起來翻身，搓皂便允許搓皂。水流當頭淋下前，瑪戈特用手輕掃了一下姆妹的額，姆妹即刻意會閉起了眼。

沒有人懷疑姆妹對瑪戈特的依賴。這分依賴多少拉近了母親與瑪戈特微笑點頭的機率。可惜姆妹無法背熟並翻唱瑪戈特替她洗澡時哼唱的歌。姆妹即使不聾不啞，也沒法複述瑪戈特不唱歌時喃喃自語的內容。

我想像瑪戈特笑，姆妹也咯咯地笑。

我想像瑪戈特潑水，姆妹偶爾亦淘氣地躲。

我想像，姆妹也曾集中注意力凝視瑪戈特不斷張合的唇，隨即開始模仿那唇的律動企圖發出些聲。瑪戈特點她鼻尖，見她肯努力，就放慢速度一字一頓地講。

母親也曾那樣做。她點給姆妹看：花。努力撐大嘴形，然後又指著院子裡水溝邊那頭說：狗。偶爾用疊字：狗狗，或吃飯飯。

姆妹的年紀大概無法讓她處理失落、沮喪、悲戚等情緒，一切往往以不耐煩扭身而去來表白。真不舒服了更只有單音節地哭。哭聲甚至不如蓄水箱重新儲水來得響。

沒有人知道姆妹怎麼理解瑪戈特那些不同語系的唇。至少姆妹並沒有掉頭不看。儘管她也沒發出過一兩句聲。

我曾看見姆妹洗完澡換回原來的衣服卻仍心滿意足地步出浴室的樣子。那刻陽光剛醒，姆妹即已神情愜意得像此生再也沒有值得努力之事。她看起來非常喜歡自己那刻的淨潔、芳香與純粹。然後出掌，動手指撓撥狗的下巴，在院子裡和狗追逐著玩。瑪戈特就在這時關上了門，換她自己好好地洗個澡。

水表裝在我們家圍籬外邊，方便水務局人員每月例行抄錄，而後運算水費。因廁所與浴室占據用水量之大宗，經年留下來的付費方法是平均攤分。其實也還好，兩家合起來不過七人。我們家四，瑪戈特他們家三。

只不知什麼時候起，說不上是母親，或瑪戈特開先，兩人忽然都有點避忌替姆妹洗澡這件小事來。

清晨，瑪戈特的丈夫依然準時如廁。瑪戈特忙完家務後的洗澡時間卻越來越晚。晚得，有時會與下午回來的我不期而遇。看對方提著換洗衣褲，雙方都有點尷尬，又掩飾著那層尷尬。好幾次門前互相禮讓，到後來我乾脆把時間挪得更晚。瑪戈特起初還會在她廚房的木窗縫隙間張望，似乎想要確定我，或其他人都沒有洗澡之意，才拉開後門踏出，跨過小水溝，步入浴室。

這樣的變更，唯一困惑的大概是體內長著顆規矩時鐘的姆妹。不，她看起來也沒有半點困惑的表情，只是循著日常做她早已習慣的事。上午，從瑪戈特平常應當出現在浴室的那刻，她就開始等待了。狗通常也百無聊賴地陪伏在她身邊。

有時瑪戈特剛好過來，便若無其事地替她梳洗。有時瑪戈特屢等不來，姆妹會在溝渠邊似專心似遊神地蹲坐。坐久，她就通常洗過了。母親重新取回替姆妹洗澡的任務，倘若瑪戈特沒在原來的時間裡出現。母親有時顯然搶著替姆妹沖涼。

母親安安靜靜的，姆妹也安安靜靜的。鏽蝕的鋁製門通常關得好好的，水聲一瓢一瓢嘩啦瀉地，沒有聽不懂的哼唱，因為根本無人有興致放歌。

瑪戈特是刻意避開姆妹的，後來我就懂了。她總是躡手躡腳，儘管姆妹根本聽不見。她放慢動作以把家務逐件挪後，顯示忙碌得不再能準時赴約。姆妹下午總有一段也屬習慣的午睡時間，瑪戈特多半就趁那時間寬衣沖涼。

浴室的水缸下方留了孔，孔中塞著一粒裹了舊布的塑膠軟塞。軟塞抵住了水流，卻始終抗不住水壓，舊布於是沒有乾燥的時候，一絲滲透舊布的水線沿著洞孔下方暗自細淌，以致那裡逐日積了條老痕。痕邊綠苔攀附，久不洗刷，便大有往缸底蔓生之勢。老痕的更下方，水絲常年滴落之處慢慢堆疊出一小塊光滑乳白的水垢結晶。大概表面毫無縫隙，苔菌無法插足，遂一直保持著詭異的光潔在幽暗浴室裡嚇人。夜間洗澡，它還倒映著鋅片屋頂垂吊下來的圓燈泡昏黃之暈。

我極受不了外表柔軟雪白如棉花之物其實堅硬如鐵石般的欺騙，如今想起那顆蘑菇頭狀、肥皂大小的經年水垢，四肢頓起雞皮疙瘩，頭殼即刻發麻。同時最害怕腳趾不小心刮到缸底牆面黑綠綠的老蘚青苔，指甲縫填滿一彎微生物屍骸的噁心不適。那比牙縫塞了一片老剔不去的菜渣更叫人慌張。於是洗澡時腳趾總小心翼翼縮進藍白拖的版圖裡，努力，避免向下張望，眼神若不直盯著相對乾燥的板牆，就全程放空加快動作，祈求馬上，馬上就清理完事穿衣著褲鎮定出逃。

不像姆妹。姆妹總可以在浴室裡快活許久。

一個下午瑪戈特在浴室洗澡，姆妹逕自溜到浴室旁的出水口抓起正要流入水溝的肥皂泡耍玩。姆妹用雙掌仔細捧起一些，站起而然後大力合掌。噗噗聲中泡沫四下飛濺。姆妹的笑沒有聲音，可我分明隔著房間窗紗見證了她的笑聲具體而清脆地隨泡沫亂爆。它們一段一段沒心沒肺的飛撲過來，讓我妒忌又滿懷哀傷。

廚房裡的母親不久也尋聲而至，她聽到的只是姆妹雙掌拍出的聲響。母親一邊拉走姆妹一邊大聲叱責我怎麼由得姆妹那樣胡來。

儘管一隻手臂被人提吊著，姆妹臉上依然持續著她旁若無人的快樂。

這也讓我得以想像姆妹在浴室裡的快樂。

——難道瑪戈特替姆妹洗澡時哼起的歌，便是為了附和那樣的姆妹？

我靈光一閃。就在這時瑪戈特從浴室裡出來，低頭移動的步伐比平日都快，沙龍上的花因擺動得太厲害，每一碗都像多一朵不如少一朵地收起來。

有一天姆妹應該等在浴室前的那時刻，誰也沒有看到她的影。瑪戈特亦沒出現。那段日子瑪戈特幾乎都在傍晚，趁陽光將落未落前洗澡。姆妹的固執讓人沒轍，她仍蹲在原來的時間點徘徊等待。有時我真懷疑那不全是為了等待，而是姆妹正在自我鍛鍊，企圖跨越先天的表達局限而與旁人努力溝通。但是據說那天中午的院子異常安靜，比姆妹在時更要安靜。

我在課室裡被大手搖醒，剛要洩憤的那刻駭然看清站在眼前的校長，總算硬生生壓下滿腔無從爆破的電光衝擊波，讓它沉入暫無出路的大腸裡。那股氣波一直憋著頂著，以後每回吃撐或腸胃不適，便要令我想起這件往事來。

或許是電光衝擊波繼續逞強，那個下午它全力轉化成動能驅使我踩出有生以來最快的速度，騎車衝回家裡。

可我就只來得及看到姆妹被水泡得泛白的身體，由浴室前的母親呆呆抱著。姆妹全身軟軟地沒了個角度。誰也沒有呼天搶地。瑪戈特在一旁同樣呆呆的，穿著整齊而臉色蒼白，根本還沒打算沐浴的樣子。旁邊還有一些（可能聽到之前誰的嚎啕）圍攏過來的鄰居。

姆妹的溺斃至今仍是家裡的禁忌。一如當初為什麼會生出一個聾啞小孩般無人願意碰觸。無人質疑，無人責罵，就只是接受。那是一個意外，我說。妻第一次聽到這段往事時曾大吃一驚，對我敘述語氣之平淡也非常不解（我懷疑還有不滿）。妻用一個母親的角度去質疑：不可能！怎麼可能不哭不喊。

我說我不知道呵。

而那已經是二十幾年的往事了。姆妹的具體印象已退化得厲害。我就只記得住家裡從來的安靜，乃至於自己有時也沒有十足把握，兩家之間偶然的對話是我記憶力時移事往後之白目杜撰，一如姆妹拍破肥皂泡沫喉頭爆出的美好笑聲，還是真的確有其事。

你們難道就沒想過姆妹發生意外的過程，或原因？妻也曾純屬好奇地，央求我提供更多的細節。

所有的細節都指向姆妹自己在浴室玩水，然後失足滑入水缸，進而暈厥溺斃的邏輯。還有便是，那塊我稍稍想起就已噁心不適，表面光潔似無菌攀附實則狠毒如惡性腫瘤的缸壁結晶。誰踩上一腳都要像踩在一塊肥皂上全面失控。姆妹無法開聲吶喊，瑪戈特不在、母親在忙，難道要怪罪那條終日塌著腦袋一輩子渾渾噩噩什麼事也不見關心的老狗？（事實上姆妹死後狗就不知所終。）

還有一回我告訴妻，我看過姆妹憋屎的樣子。同樣是在作業裡偶然抬頭，透過窗紗望向窗外。姆妹站在小院裡先是靜止著不動，後來皺眼眉與鼻翼，臉上有一種不甘的表情。那個下午非常炎熱。姆妹一手拉著褲襠一手握拳，極力壓抑控制著什麼，且就那樣看著隔了網紗在房間裡的我。

還回不過神，便聽到姆妹拉著褲襠仍管不住的幾粒屎，像羊崽排泄似的，嘀嘀嘟嘟沿著她的短褲褲腳掉出來。

真硬啊。那刻我忍不住這樣啼笑皆非地想。

妻小心翼翼（或許為了顧及我的尊嚴）下了這樣的結論：那或許是較量。

我猜她完全想不用那「或許」二字。

妻以她外來者的身分清醒地從源頭抽絲剝繭：癥結在於兩個本沒有什麼血緣關係的家庭共用一間廁所。

她的分析理據只有一條——民生。據說長期的忍耐只能存在於最親密且有直屬關係的個體之間，尤其涉及排解與疏通的自由，不論是心理情緒抑或生理需求，一旦遭遇外人入侵或無法發自內心地願意妥協，便要升起最原始的爭地奪權之較量。

於是問題早就存在於……用水多寡上；在水費的分攤不均上；在誰應該在什麼時候洗澡或如廁上；在明明充滿挫敗與不甘卻不願坦誠溝通上……

到後來分用的廁紙是較量，刻意錯開的洗澡時間也是較量。較量還存在於，姆妹選擇誰為她洗澡，與誰比較親近上。

所以，你的意思是，母親和瑪戈特的彼此較量害死了姆妹咯？——我的語氣大概好不到哪裡去。

距離，你理解嗎，距離。有一天我在購物中心上完廁所後這樣問妻。

什麼？——妻有時也不那麼好奇。

一般較標準的男廁裡總會有幾具小便斗，靠牆挺肚站成一排，肚皮最隆起之處都被剮空，同樣配有承接解放的重責大任。距離的確定存在於，倘若有三個小便斗，最左邊那個早已有人，後入的那位多半主動移到最右邊那具方便。

妻興致不大。

我以為自從上回有點不歡而散的民生較量論之後，她至少會好奇，雄性如何劃定自己的權力範圍，或用什麼方式來暗示自己的生存空間有多大。即使某些場所開敞一如小便斗並排的公廁，他們也小心甚至小心眼地抗拒不識相者魯莽闖入；同時拒絕讓自己成為私闖別人範圍的討厭鬼。

很長的一段日子我以為，所有雄性都暗暗守著這樣的默契。除非他們刻意想通過，比方說，並排站立小便來展示哥兒們的坦蕩、放棄攻擊，或別有用心的情欲暗示，否則大多不會在選擇小便斗的位置這件事情上粗心大意。

辦姆妹喪事的那兩天，我第一次見到父親與瑪戈特的丈夫站在一起的背影。兩人高度相當，前額幾近全禿，且同樣頂著一大坨下塌的肚腩。除了膚色不同，兩人連站姿也幾乎一樣。

姆妹的遺體只在家裡待了一日半。姆妹實在太小，所有傳統儀式都壓縮成精簡低調版。母親只有兩個反應：低頭嗚咽，以及失神呆坐。母親徹夜未眠，規勸不聽。瑪戈特偶爾陪伴，偶爾攙扶。儘管聽不懂，我想她神情哀傷的自言自語仍不失為一種切合時宜的慰問與安撫。那兩天我其實非常感激。

父親趕在姆妹出殯前到家。無人來得及在姆妹出事的第一時間找到正駕著拖格大卡在聯邦公路上奔波的他。我輾轉聽說，他是在把一櫃子零件送達目的地，再拖著另一批器材回到原廠時，才在同行的告知下驅車趕回；且因為實在太趕，只能空手而歸。

但一個長年在外的父親，要在女兒的葬禮上帶回些什麼呢？

和瑪戈特的碎碎念不同，瑪戈特的丈夫什麼也沒說，只靜靜地抽菸。道士呢喃誦經時父親首次與瑪戈特的丈夫在一旁並肩而站。或許那其實不是他們的第一次。或許他們也有曾經會面甚至同坐的時刻，只我印象實在不深。自我懂事以來，這兩個家庭的父親就鮮少以常識裡的權威者形象輪替出現。他們也不是缺席，就只是，比起母親和瑪戈特偶爾的較勁，他們更相敬如賓。沒有智慧上的格鬥，沒有言語上的互相吹噓；甚至有點互相迴避，乃至於誰也不比誰強大、稱職。

父親在家裡待了三天，又趕著車子離開了。往後還要回來的，但那也不是三數天後的事。

奇怪，那氛圍我倒記得仔細。那三日，瑪戈特一家彷彿不知如何給予更多慰問，體恤的行動表現在屋後的共享空間上。廁所與浴室像純金打造，彼此卻路不拾遺還互相禮讓。父親走後，瑪戈特的丈夫三個早晨都延遲的如廁時間，又調回了我熟悉的節奏與程序——窸窸窣窣摺疊報紙之聲音。把「核」這個音拉得很長，再猛地一聲「凸」的棄痰之聲音。水勺與水桶碰撞之聲音。水被舀起來潑灑便器之聲音。大力拉下蓄水箱繩索，滿缸儲水瞬間傾下之聲音。最後是水泵自動彈跳回原位，水流重新灌注之聲音。聽它們全部還原歸位，我起初總錯覺姆妹的喪事只是一場荒謬無聊的夢。

很快，日子又回歸尋常。母親安靜下來也照常洗澡，洗衣時的唰唰聲像長在衣物上的鱗一片片被刮掉，每一刷都比母親吵。

那段日子我的注意力終於悉數投注在瑪戈特的女兒，拉芝蜜身上。

瑪戈特一家三口，拉芝蜜與我的年紀最相近。拉芝蜜比我倆的母親都要羞澀，對我也更冷淡。她的身影其實夾雜在姆妹洗澡的空檔中。在我正拉開鐵門準備上學的巧合中。在午後坐於窗紗下複習終至的瞌睡中。以及當然——在姆妹的葬禮中。可我往往一次只能專心憶述一件事，這是我現在才提起拉芝蜜的原因。

拉芝蜜逗狗，和姆妹對狗的挑釁並不一樣。姆妹頂多跺跺腳，發不出聲也聽不了話，狗被她撩急後警告式的咆哮作用不大。我們家幸運地來了一條不咬人的狗。

拉芝蜜逗同一隻狗，心機比姆妹重得多。

她讓狗待命，讓狗蹲坐；讓狗繞著自己轉圈，衝向自己也看得到的遠處撿拾拖鞋，再用撿到寶的討好姿勢疾奔而回。可那實在是一條懶惰的狗，這把戲無法常耍，耍多了戲碼便要失靈，失靈了即自討沒趣。

偶爾拉芝蜜昂頭，老狗也昂頭。拉芝蜜不理狗，狗也不理拉芝蜜。

拉芝蜜的耍狗棒經常由她的藍白拖充當。握在手上往什麼方向指，狗就呆呆地衝其看。玩多也無聊，拉芝蜜突發奇想地訓練起老狗握握她的手。我笑，隔著片窗紗難以置信地偷偷取笑。訓練什麼都要有誘餌，我就不信，拉芝蜜這樣無賞可賜的逗狗法能奏效。

拉芝蜜經常蹲在廁所的正前方，先伸出自己的手朝老狗說：手。

要不我猜她說的便是：腳。

見狗不理，便又加大了聲量說：來，手。然後卻自己伸手去拉。

汗，汗。她重複重複地說。有時也另加一長串的什麼咒語；反正我聽起來就像咒語。

拉芝蜜放學回來沒事就嘗試。她進門我看她進門，她出去我就看她出去；我看她蹲下站起、蹲下又站起。一段日子了顯然誰也沒有馴服誰。

拉芝蜜不怎麼和姆妹玩，我們也不怎麼說話。拉芝蜜洗澡的時間要比瑪戈特調整後的時間早，幾乎就在她們母女剛洗完，太陽就下山。

我記得好幾次，拉芝蜜洗澡的時間總是特別長。有一回她在浴室而我剛好上廁所大便，隱約聽到隔室傳來撕開什麼的聲音。可那聲音壓壓抑抑地，動作長、節奏慢，夾雜著水流不時潑灑地面的嘩啦。然後大概是以報紙包裹什麼的摺疊聲吧，每一下窸窣都那麼小心，間中偶有停頓摸索，就更似在期待水降聲波以掩飾室內的動靜。可這樣更惹起我的注意與猜測——這也太像放屁時拉拉桌椅，好磨出一點雜音當掩護的舉動了吧。然而誰都能清楚聽到那忸怩委屈而音質飽滿的一聲「噗」。那窸窸窣窣的摺疊聲和她父親翻閱報紙的有點不一樣。

我極力掌控括約肌，讓糞便能更溫良地下墜；或盡可能先安排一些，平躺降落在洞口的前方。洞口先墊些紙，還能減少重物擊打水面反彈的回音。有時我乾脆擰開塑膠桶上的水龍頭讓水唰啦地流。這多少能消除我偷聽的羞愧和被偷聽的緊張。

我懷疑拉芝蜜一直曉得這種暗自留意隔室聲音的比畫和把戲。拉芝蜜或許亦清楚彼此小心翼翼的原因。我還想，拉芝蜜也沒把握接受或想像，要是那情景互換——我在浴室，她在廁所裡——我們又能有多自然。天知道誰比誰更想要一間鋪滿隔音泡泡棉的無縫密室，做點各自最私密的事。

我們總默契十足地仔細錯開完事推門的時刻。

拉芝蜜從來不看我。可有一天她忽然訓練成功了。

她又半蹲在水溝邊說：來，手。

狗那天欣然開竅，在拉芝蜜說到第十六次時忽然彈出那隻曲尺似的左前腳，輕輕點了一下拉芝蜜伸出的右手掌。拉芝蜜很開心啊，並就在那刻轉過頭，朝在窗內窺覷的我炫耀似地笑。左眉還誇張地往上抖了一抖。

姆妹居然也幸運地在場，見證了拉芝蜜的成功，以及——或許，還包括我的不知所措。可姆妹只是一如往常地朝狗跺腳，不知在喚狗過來，還是想把牠嚇跑。姆妹幹什麼都像下意識。那一整天都是風。

妻對我向她形容的拉芝蜜之笑頗不以為然；對我提起拉芝蜜在浴室處理衛生棉弄出聲響的那一段，則有點鄙夷。妻的反應讓我深感受挫，搞得我像個不虔誠的教徒好不容易提起勇氣下跪告解，神父就拉開告解座之門擺擺手讓我好自為之。

走前還叫我順便拖一拖地。

為了雪恥我告訴妻，有一天拉芝蜜洗完澡出來掉了換洗的內衣在地上。姆妹撿到了，拎著它直走進我房裡。

那個雨季滿是霉味，刷上灰水的牆手感很粗。合攏四指，以指腹輕輕劃過灰水牆，要是牆面感覺粉質黏膩伴隨卡卡的沙聲，雨不久就要來。撫牆的沙沙聲越響，響得能讓頭皮發麻，那雨便要下得越大。

我正以手探牆，姆妹不知從哪裡學來一套貓科類的做作動作，拎著內衣靠近我。鮮肉色，花樣一時也看不清，只在一瞥間確定那上面繡了些浪。姆妹的指尖那麼小。我毫不猶豫那是誰的，我剛看到它主人洗完澡回到自己的地盤。說實在的，我不知道姆妹為什麼那樣做，後來也沒機會細問查證。姆妹的神情機靈興奮得讓我以為她一直裝聾作啞，而當下便是戳穿謊言的千鈞一刻。

可姆妹抿抿嘴，沒有笑也沒有問，把東西放下即循著原路退出。肉色的浪紋胸衣在我腿上罩出兩座荒誕的滑稽感。沒有，它並沒像電影，或妻所能想到的那種情節，撩撥誰蠢動的欲念。那刻我奇異地表現出某種克制的教養。

妻常說我與周遭保有一層隔。也不是事不關己己不勞心，更不是反應慢、不敏感，就只是圈了一層隔。可那隔又不顯得陰險與自閉，僅隱隱透露著趨避與被動；試探力——零，好奇心——零。

她懷疑我頸椎老早蓋有趨吉避凶的印符，一時半刻也說不上此人是狡猾、機警，或魯鈍。

（她第一次這樣說時情緒還好。第二次再說即發了好大的脾氣。那一時半刻說不上來的就明確成「你真冷漠與自私」，變成「毫不在乎我」了。）

見雨將落，我當下決定把衣物掛回浴室去。於是站起來，以潛行者之姿穿過廚房，拉開後門走入小院。光下我那背影無比正直，內衣則收在自己的汗衫裡，穩穩抵在右掌與肚臍眼之間。雨還未落而我目不斜視，動作麻利且不吁不喘，無便意、無喉頭緊繃，四下竟然也空無一人，連狗都配合演出沒現蹤影。浴室就在前方不遠，我從未有過計算彼此距離之念頭，那刻也不忽然就有，一切平順自然得像挽著自身衣物入室洗澡。除了它們並不一如往常地搭在我結實精壯的肩。

擔心妻認為我仍有猥褻念頭，我盡力形容得莊重又平緩。

我跨溝步入。我警惕著缸壁上蔓長的石蘚與苔衣。缸裡映著垂眉沙彌的虔誠倒影。我右手掏出那已被捂得微微發熱的少女文胸，以左手補上慎重捧之。搭在浴室牆面的橫桿時為了自然，我又仔細地擺弄了一會肩帶、罩杯，讓它們一前一後看起來就是隨手垂掛的樣子。半天終於滿意，發現左右肩帶長度過於對稱而位置太過精確，於是又伸手去耐心拉調。可就在這時半掩的浴室薄門被人咿呀拉開。瑪戈特的丈夫抬腿邁入，剛好看到我伸往前方倒扣如碗的十根手指。

他伸前的腿在半空硬生生後縮，整個人像踩著鋼釘似彈退了一大步。

我不知所措。正貧於對峙時他忽然炸了顆響屁。妻聽到這裡，沒有半點同情地大笑起來。

# 水顫

鄭和，雲南人，世所謂三保太監者也。初事燕王於藩邸，從起兵有功，累擢太監。

---

我祖上的船一下海，就是浩浩蕩蕩的二萬人。要把二萬人全裝在一艘船上，那船準大得駭人。我祖上不笨，但也造不出如此大船。所以我相信，我祖上南來時必然似候鳥群飛，分乘大小寶船二百餘艘，大鵬般翩然而至。

大海是倒過來的蒼穹，我祖上的大鵬船隊緊貼著蔚藍航行。雲帆高張，晝夜星馳，船隊路經處所激起的浪花，足把海面拔高幾尺。鵬首是戰船組成的前哨，逐漸收窄的喙精銳得能戳穿鋼板，把礁石趕離。糧船從前哨起，左右二行疊成大鵬體側。拓張的雙翼和尾部是另兩隊戰船，人字撇捺開去。稍一展翎，就是一番硝煙彈雨。我祖上的帥船穩踞鵬腹，另有各式坐船、馬船按功能分守，扮演交通銜接、拖拽之用。

我祖上這一走，就走了二十餘年、三十餘國。我的祖上，明朝七下西洋正使總兵太監，鄭和。若這是電影畫面，必當亮出我祖上面頰豐滿、目光如電的臉孔，身後船桅成柵旌旗幡揚。配樂是緊湊昂揚的鼓聲咚咚，預示歷史上一場偉大的遠航。

自我決定寫下我祖上的故事，阿姆已經半癡呆。阿姆的記憶時醒時壞。我祖上的寶船採用蜂房船體結構製造。最大的功用在於當船底被擊穿，它能將湧入的海水限制在局部船艙，防止全船沉沒。偶爾我懷疑，阿姆腦中必有與蜂房船體相似的結構，像竹筒裡的間隔。阿姆腦中倖存的記憶，當是收在最內層，免被遺忘淹沒。而那恰好是我祖上的故事。

相對於祖上暢通無阻的海路，我不禁埋怨腳下這水窪泥濘，水蛭似攀附鞋底因而寸步難行。霪雨剛止，混濁水窪仍意猶未盡泛著圈，阿姆就催逐大夥進山。只有進山，阿姆的癡呆會暫時痊癒。山路逶迤，前幾段還有鋤頭鑿出的泥階，越往前泥階越無影，彷若扛鋤頭的人越發慵懶無力，抑或鋤頭崩斷終棄之而去。一路上盤根錯雜，阿姆卻堅信那是唯一通往海邊的路。阿姆沒上過學，但若讓她深信某事，她會如愛因斯坦的擁躉，對相對論力捍到底。

哱。

一隻被驚動的雨蛙突然鳴聲抗議。阿姆一驚腳下一滑，即似舺舡靠岸失準，砰一聲撞上岸邊橋墩。我來不及挽扶，阿姆已迅速爬起。

哎喲，夭壽。

阿姆怎樣？

無事，阿弟。別弄髒祭品，等陣到大樹頭，要大力打，大力打。

打大樹頭是進山的規矩。往海邊走，大樹頭長在泥徑右邊，老態龍鍾了，板根卻很爭氣。這樹易認，半人高呈三角翼狀的板根恰好長成四瓣，東西南北支撐著樹。幾撮羊齒與紋身藤蟠虯一身，每片葉子都似乞丐手裡的缽競相爭奪陽光施捨。偶有漏網的光，也零碎篩落一地聚不成個氣候。東面板根中心損去表皮一塊，我提起一旁人臂粗樹幹，擊鼓似朝靶心撞去。

阿姆，打三下？

是。大力打。天阿公山阿公借過借過。弟子進山求拜有怪莫怪……

阿姆雙手合十念咒，噗噗噗三聲結結實實轟天動地。與其說是請山神樹精放行，不如說是向魑魅魍魎示警。去，去，別阻咱去路，否則咱祖上不放過你。

我祖上的二萬人當年踏過這土地。一次漲潮讓他們宛如天兵神將掩至，讓靠海的原住民如驚弓之鳥。幾番觥籌交錯，又隨一次退潮隱身而去。只留下阿姆晚年必來還願的金身。我祖上鄭和，如今披一身錦袍安坐三保佛公壇裡。

鎮上的沒這個靈呵。

阿姆年紀老了。老得當年總跟在身後的表哥早已成家，老得昔日豐碩的臀部塌成兩坨肉瘤下墜，老得神志像隨季節變更的樹葉，落葉時癡呆，葳蕤時清醒。而祖上的召喚，是阿姆現在唯一的養料，每年農曆六月狠狠施一回，滿樹繁花。跟在阿姆後跟走，發覺阿姆的步又比去年碎許多。下墜的臀一路折騰顛簸得夠了，才埋在膝蓋窩與小腿上，朝拜我香火鼎盛的先祖。

我祖上一雙如曳明目半垂，氣定神閒高坐龕中，審視艦下無數水薑。公元一四〇五年蘇州瀏家港口，鄭字旌旗隨風獵獵作響。港上萬頭攢動金鼓齊鳴。大鵬船隊在祝福與歡呼中徐徐駛出江心，駛向大海。此後七次駛離中國至東南亞和非洲東岸，遍歷兩大洋六大海、四瓣海灣三大海峽，造訪當時世界五十五座港口城市。我於是相信，岸邊三保佛公壇前的腳印，未必是我祖上唯一的印跡。長十六寸，寬五寸，入石三分。

阿姆，三保公的腳安大？

是。小孩子別亂說話。拜拜，快拜拜。

阿姆，三保公跌倒嗎？

哎喲，閉嘴。

相傳那是我祖上當年上岸，左手及眉遠眺無邊海域，一時失神舉腳往石上一踩，就此留下的凹槽。雨後槽裡積水，能養一尾藍劍。倘若那真是我祖上一腳踩下的印跡，我祖上必是個高個子。難怪站在艦上，他永遠最受矚目。

我祖上的腳印是這單殿式廟宇香火鼎盛的原因。阿姆把供品擺好，囑我同身下跪。我祖上從人變神的過程，我全然不知曉。神龕兩邊的字聯倒被我及表哥無數次念錯。那是我們互炫的戰場。

椰雨蕉風迎福德，銀壽碧海助宣威。

笨。是銀濤，海濤的濤。

噓。你們出去！

阿姆的喉頭如蜥蜴吞嚥唾液，嗓音氣得沙啞顫抖。

阿姆，你說真有三保公嗎？

當然，阿弟。你曉得咱幹嘛不吃舢板魚？我阿姆說起這故事總眉飛色舞，恍若她正是當年大鵬一員，即使當根船桅也無怨。那時你三保公寶船穿窿，海水不斷流落來，忽然跳進一條舢板魚塞著窿。

像阿姆水缸的木塞？

唔。等船安全靠岸，三保公才把魚拈出拋回海裡。

不信，不信你去捉條舢板魚，看看牠背上的指紋。那是證據。當時年幼，也無力質疑阿姆話裡的荒謬。然而我祖上確實因此而航入心底。待年紀稍長，祖上的偉跡甚至在我炎陽烘照的心底無限制擴大。

我祖上長期蟄伏海上，已練就一副如履平地的步伐。每一分浪頭擊來，都要在祖上面前俯身退去。我祖上登上船樓高台瞭望，眼神是嗖嗖魚鏢兩道，直射下一座海港。我祖上的聲音必然如洪鐘鏗鏘有致。手握的航海圖標明數十航道，每一道都水到渠成。在漫長的航行中，祖上偶感寂寞。他最遺憾的，必然是無人與他齊案匹比。窗外是一片浪聲嘩嘩，祖上耳裡一片澄明，二萬餘人的耳語全在他耳輪邊打躬、放行。它們自動拼貼成各種故事供我祖上消閒解悶。

其中有一則我祖上始終津津樂道。那是我祖上與一位西方同行的對話。當然我祖上不可能認識哥倫布。可是誰會在意呢？如果我祖上可以留下石上腳印，讓我祖上與哥倫布對話只不過更能增加祖上的威睿神武。那是我祖上百年後的邈思又竄入海民腦中。

哥倫布遇到我祖上鄭和，是值得記錄的場面。一個晚上，大鵬飛入非洲東岸。我祖上托額於案，一舟明月半窗星影。哥倫布誤入我祖上帳前。他剛平定船隊上一場權力鬥爭的譁變，僅兩個月的航行即盡綻倦容。我祖上背著手，英姿勃發。也許他身高不及哥倫布，所以微微昂頭，反倒長了氣勢先開口。

你往哪？

橫跨大西洋。

那有啥陸地？

不知道。但那是我先發現的土地。

陸上沒人？

有。

那當然不是你先發現的。

我祖上在哥倫布的錯愕中走下甲板，繼續航向下一個港灣。

●

自占城向正南，好風船行八日到龍牙門，入門往西行，二日可到。此處舊不稱國，因海有五嶼之名，遂名曰五嶼。無國王，止有頭目掌管。此地屬暹羅所轄，歲輸金四十兩，否則差人征伐。

關於我祖上鄭和的故事，我阿姆知道得比誰都精采。阿姆對祖上的描述左一痕右一溝銘刻在我年少的心裡。直到我後來翻閱各類史書也早弄不清，哪些是阿姆告訴我的，哪些是史書上記的，哪些是祖上對我說的。

事情發生在一四〇六年的五嶼。我祖上在鼓聲蓬蓬椰笛嗚嗚中上岸。經過一夜鼓樂歌聲的吟頌，累透的祖上決定只帶三、五近身侍衛在古城四處遊蕩。步離皇宮，一條大河橫淌宮前。溯流而行，一座大木橋橫臥，橋上造亭二十餘間，諸物買賣俱在其上。膚色黝黑的當地人或盤膝或行走叫賣，熱鬧平和。祖上一行散步間，忽有一褐衣人從祖上身邊竄過，似果子貍鬼祟銜雞。褐衣人獐頭鼠目環抱一甕，衣背濕透。身後一婦人倏然大嚷，喧鬧四起。我祖上何等機靈，不等誰家反應即伸手一攬，褐衣人不敵失足，始有人四下而起。繫之。

探子回報，公然搶劫的褐衣人原是海盜陳祖義的爪牙，因一次失誤被趕出山寨。五嶼之外的海峽其實暗流洶湧。我祖上的大鵬浩浩蕩蕩行經此峽，一路炫眼奪目，早就引起海盜窺覷。其中要數廣東遊民陳祖義一干人等最具威脅，常以剽悍蠻力掠奪海上商船。但礙於祖上衛士眾多旗艦凜然，始不敢貿然下手。

我祖上一聽，大怒。記得昨午上岸，頭戴細紋白番布的統治者從象背爬下，步行至港口親迎的熱誠，遂決定贈還這椰雨之鄉一份薄禮。當晚深夜，我祖上親自精挑三十員勇士，喬裝漁民摸黑出海，趁夜襲擊陳祖義島上老巢。一行人宛如敏捷的夜行獸，翻越賊巢山門就似舉腳跨過矮樹。燈火朦朧間如瞬息現身的山魈奔至，又若藏身樹梢的雨蟒下撲，其中最敏銳沉著的，必是我英勇的祖上兩顆洞察力十足的眼睛，恣意在困體中來回遊走，不消半刻就將睡眼惺忪的陳祖義一寨人生擒。

可惜三保公是太監啊，不然準被召為駙馬。

歷史一旦落入蜚短流長的泥沼裡，就只有神化一條出路。說故事和聽故事者都是神話的使節，按自己的理解鞏護神話的雋永。

三保公勇啊，來到咱後山的芭，咱後山鬧鬼。烏鬼。面青青下半身漏腸每年吃人一次。村民聽說三保公來啦全去求他，求他替咱趕鬼。那夜暗冥冥風大雨大，三保公和鬼說，他們要鬥法。如果三保公贏，鬼走。如果鬼贏，鬼就吃他。

阿姆說到「吃他」二字，總緊彎十指，以俯身鎮壓我與表哥的不安。我祖上和

水顫

鬼決議各用一個晚上建一座塔，天明前塔還未建妥者輸。

咱公雞衰透，天未亮就啼。那鬼手多啊，三保公的塔來不及蓋瓦，鬼的塔已成。鬼嘿呵一聲大口僨張，祖上忙使出航海揚帆的本領一舉將鬼塔吹裂。呼……阿姆的嘴呼成喙形，夾帶一陣菸草炙熱的口氣。我與表哥被它吹得睜不開眼。據說祖上就趁這刻抽劍，咻一聲砍下鬼頭。

故事沒有交代塔的下場。也許早塌了。但祖上揮劍的手勢似乎在阿姆腦中存檔，從此每隔一段時間即以右上揮落的角度捉藤，縛制我與表哥的頑劣。

那是久遠的記憶了。久得我背上沸水烙的斑印早不再蹙筋皺絡，航線般漫開去。以前，阿姆像路旁的落地生根，模糊得只有葉形而不見葉脈。自我意外灼傷，阿姆就似飛機草，不只葉脈，連葉邊的鋸齒也鮮明得厲害。阿姆忽然自我年幼的觀念中立體起來。那時我開始揣測，阿姆與我祖上必然有著千絲萬縷的因緣，糾結得連我這自家血脈也自嘆不如。我不明白，我不明白平日容易慌亂的阿姆為何會在我痛得嚎啕大哭，手腳攣縮時仍能氣定神閒把我抱起，復在鄰人驚呼中昂首闊步往三保公廟走去。愣在翻倒湯鍋旁的表哥過後憶溯，阿姆當時信心飽滿得似一頭不曾鬥敗的獸。

阿姆把氣若游絲的我抱入三保公廟，廟祝阿詹是阿姆託付的菩薩。阿弟你那時像隻紅毛猴，抱得我手痠背疼呵。阿姆在我背上搬演廟祝阿詹治療的土方。據說那是一塊海水浸過的黃綢，被阿詹拎著在我背上來回擦拭。招魂似的，阿姆每在我背上拭一圈，我即哆嗦一次。

阿弟啊你那時不哭了，眼直直望著台面三保公。慧根吶……誰知道？也許那時我早疼昏，愣睜的眼是死不瞑目的前奏。直到，直到我阿叔在眾人相報中趕來。

丟那媽。

也許還給了廟祝阿詹一大拳。阿叔把我奪回後直往醫院奔。醫院裡的印度醫生一度以為我將痙攣至死。直到他把呼吸管從我鼻孔插下，一列螞蟻跋過的不適驚動我憋在肺部已久的氣，我才連咳帶哭嘔出十年來全學過的象聲詞。

我紅腫潰皮的背部在那醫療水平不高的年代沒有惡化，反倒迅速平復痊癒，不得不讓人嘖嘖稱奇。你三保公保佑啊。這是唯一的禱詞。

阿叔帶著他親生兒子我娶阿姆時，從沒料到他可能會因此而失嗣。阿叔常在醉眼昏熏中遙想兒孫滿堂的盛景。阿姆不美，塌鼻碎眼，瞳孔是將散未散的一點淺墨，畏畏縮縮染在混濁眼白裡。阿叔賣掉漁船上岸幹活，一部分為了還賭債，一部分為了阿姆。端午大暑，阿叔在鄰里看戲的眼光中上岸，著一身紅衫褲往阿姆娘家跑。一路上腳步輕快如插翼天使，據說嘴角彎及耳垂，亮著忍痛嵌穩的金牙閃閃，灼傷在場的每一個人。嘿呵嘿呦鑼鈸轟天，路過阿姆家門成簇的石榴花時，還劈里啪啦響他一陣炮。阿叔在炮硝紅屑中背起含羞阿姆，喜孜孜汗涔涔一口氣跑過河口的陳金聲橋。

阿叔家道中落前好歹一個富商子弟。從當初無人不曉的鄭若船運到後來的討海為生，當中幾個要命的轉折都沒讓祖上這一支血脈斷送，只頹然替時代增值幾錢老故事，噹啷幾聲即掉入鎮民回憶的錢袋裡。鎮民當年多少受過我祖輩的庇佑和照顧。我阿叔再娶這天，鎮民於是毫不吝嗇從那錢袋裡掏出幾枚故事銅板，給阿叔添幾聲熱鬧，也給後生買幾串警世諫言。

阿叔下橋後跑過雞腸街，街上老店立馬窗戶大開。窗戶要是能說話，說出來的準是半嘴真心，半腔暗語。如此一混即往街尾深凹漫去，左右對撞卻不至於扯破臉皮，但也最忌追根刨柢。

阿姆的到來似簪子，將阿叔四十歲的皮囊表層刺了個缺口，一瞬間就漏去他所剩無幾的青春。因為我猜想，我親父阿叔沒多久就後悔輕信媒妁，娶下異態阿姆。

在時間中下錨，停住的只有流入耳輪的音波，其他的是事實也罷，即使不被海浪攆走，也會被海蛆蠶食。主控故事的，往往不是聲音，而是耳朵。我長大以後分析，發覺阿叔的悔意來源可總括為以下三點。首先，阿姆久久不育，阿叔彷如不滿意我這獨子無以讓他驕傲。其次，阿姆越見嚴重的癡呆加重阿叔的負擔。其三，我祖上鄭和從中作梗。而三者其實裝在一個花邊刺繡的老錦盒裡。大盒裡蘊藏中盒，中盒裡蘊藏小盒，掀開最後一個盒蓋，一股宿霉撲鼻。

我還發現，在我蹣跚成長的過程中，我祖上從來不曾遠離。即便是被香火熏得滿面烏黑、被善信養得身廣體胖，我祖上仍張著當年炯炯目光，如陰魂附體縈繞我家屋簷不散。而真正讓祖上降尊入凡的，是嫁給阿叔後的阿姆。這在我書寫祖上的事跡裡是很重要的一環。

凡中國寶船到彼，則立排柵，如城垣，設四門更樓，夜則提鈴巡警。內又立重柵，如小城，蓋告庫藏倉廒，一應錢糧頓在其內。去各國船隻回到此處取齊，打整番貨，裝載船內，等候南風正順，於五月中旬開洋回還。

我祖上的隨使馬歡詳盡記錄出航點滴。三月小雨，馬歡侍在祖上右側，大聲稟報這趟回航所得。犀角、象牙、伽藍香、烏木、孔雀、白猿猴、玳瑁、白鸚鵡、豆蔻、胡椒……

慢。

我祖上的聲音從成山貢品中萌頭，尾音澀重。煤油豆火把祖上的輪廓剪到牆上，那影烏溜溜扁塌塌，單薄地顫動。馬歡略一抬頭，即與黑影對望。那影趔趔趄趄的姿態讓他心下一涼。我祖上站在甲板英挺的雄姿迅速淡出。一頭把首垂得幾乎觸地，吁著大氣的疲乏困獸代入馬歡眼裡。

我祖上在長期顛簸後首次顯露疲態。馬歡在祖上的嘆息裡首次發現，祖上成髻的髮絲飛快刷白。接著是一段長長的沉默。馬歡垂手站立，多年的同行讓他熟悉祖上無聲的語言。撇去官職尊卑，他們其實更像一對知心好友。

我忍不住給祖上安排貼心夥伴。正如阿姆深信，三保公壇左側供奉的無名神祇，必是當年與祖上出生入死的兄弟。我祖上投視窗外數十衛士挺胸站立，另數十魁梧成隊，右手托槍左手持火把來回巡走。暗夜中卻似鬼火幢幢，每一片影子都烙著戚然的鄉愁。祖上此時一片茫然。巨浪在他腦中翻湧，每捲一圈就掀一章往事。從瀏家港口的萬旗翻動到各國碼頭的盛宴款待；從永樂皇帝的傲然狂笑到受封藩國的前倨後恭；也許還有，從長年漂泊的不安到童年痛徹心脾，每一念及便要黯然的淨身之禮。

阿姆，三保公不怕雷公？

怕啊。阿姆的手是天生的梳子，一柵一柵梳貼我剛洗完的亂髮。

怕，那他在海上怎辦？

跳進海，聽不到雷公！表哥在一旁扯著褲頭，老嫌我笨。

阿弟怕？

怕。

阿姆再打上一桶三保井水，噗噗噗拍幾掌在我胸膛。免驚免驚。

那三保公怕怎辦？

三保公有天妃娘保佑。阿弟有三保公保佑。

阿姆理所當然的答案讓我驚訝。那是我首次聽到祖上的懦弱。我更不明白，一個得被庇護的角色怎麼樣再去保佑人。

海神天妃在我祖上的出航中有詳盡的紀錄。我祖上凡從海路出使，必祭天妃。寶船上敬奉的天妃被供在黃布神龕裡，朝夕上香祭拜。祖上一路南下，皆在各大港設天妃廟。奇的是我無師自通的阿姆也曉得祖上的天妃。也許源於母性的細膩，阿姆會把天妃救命的情節當成我止哭的良方。

那日風大，寶船將危。祖上差人撤下所有船帆，寶船仍搖晃不已。祖上神色凝重站在欄杆前，舉目盡是獸頭鷹尾船隻，似螻蟻在油面翻滾。一個大浪潑來，寶船大幅震動，祖上踉蹌跌坐甲板，驚動幾雙長繭大掌同聲挽扶。那刻祖上終意識他正置身寥廓天際，和二萬餘夥伴一起卻弱如老嫗。

祖上擬向真主阿拉禱告，卻讓慌失的隨從帶到天妃龕前。祖上跪地祈求，未幾但見半空嘩啦一響，冒起一盛裝女神，鳳冠霞帔。女神大喝：啥物作風？

你三保公抬頭一看，正是廟裡供的天妃娘吶……

天妃娘厲害，喝聲風，風止；喝聲浪，浪停。

阿姆扠腰提氣，每言及此必惹我笑開。我祖上的寶船在阿姆吆喝中一次次嚴冬去初夏返，風浪是諸神掌控的太平洋。

重重的柵門外是蕉林椰影婆娑。一條草徑延至山腳，黧黑矮小的土著沿河而行。河邊幾間高腳閣樓高二丈許，以椰子樹幹劈成板條虛鋪其上，用藤縛定後如羊棚般自有層次。屋下家畜成群，一隻母雞率領七、八隻小雞唧啾繞著椰梯轉。偶有小雞走遠，必迎來母雞更高昂的唧啾，迭聲喚回身邊。

我阿姆若是能預知祖上的懦弱，必也能窺覷阿叔的無力。若說一九六九年的陰霾和一四二二年的雨霧有任何關聯，那準是因為有一雙同樣詭異的手擢起人們深埋的恐懼。

阿姆嫁我阿叔六年，除了速增阿叔的駝背，就不曾給我祖上多添盞香火。葛蘭①的嬌媚歌聲在一九六九年的三月已顯老態，剩阿姆至死不渝地哼成時代的調。然而赤道傾盆的雨總是驟速而來，潑啦一陣刷去阿姆剛成曲調的安穩。

赤道的雨是不講規矩的，落前不先打招呼。有時看它趿著涼鞋叭嗒叭嗒走近，未幾便硬生生拐彎掠去。有時看它落飽後正欲離開，打個飽嗝竟又趿拉下來。這重臨的雨定比前番落得更密更厚，厚得我阿姆的葛蘭都無法突圍。

阿叔在那樣的一個下午衝回家，似一隻長牙野豬闖入茂密蕉林。野豬橫衝直撞，香蕉樹像枯草應聲翻倒。我擔心如何收拾這亂局時野豬已衝到面前。

你阿姆呢？食物腐爛的味道與酒菌襲鼻。

我蹙眉表示不懂。阿叔頸邊浮凸的血管導流著髮梢雨水，二者同樣沸騰。阿叔的目光忽停在我右手腕的黃絲帶上，隨即雙手緊握，左右鼻孔各吐一聲哼復氣沖沖往外奔。多年來擔貨的背脊倒是瘦弱得可憐。

自我灼傷後，阿叔再一次發狠往三保公廟跑。我跟在他後頭，一路上濕漉的老街窗戶似瞬間著魔，我們剛一掠過即咿呀打開，每一洞都亮著多事的眼。我們拖著一長串眼睛來到三保公廟，卻讓門神擋在門外。

阿叔大喝一腳蹬開紅彤山門，我祖上目光如曳，微怒。

阿叔一入堂即將供桌一推，劈掃兩旁燭台供品時雷聲撼地，臨入右室前瞪了祖上一眼，凶神惡煞。沒騙你，那一刻你若在，你會毫不懷疑我祖上的這一支血脈是如此無礙延宕至今，依然氣勢如虹。

一隻生鏽鐵錨嵌在右室內牆，柄上纏一紅布似新年伊始喜氣洋洋。阿姆斜靠牆角的眼神隨阿叔的跨入而迷茫，卻趁阿叔錯愕時蹦出一口似笑非笑。我祖上在外頭沒看見呵我阿叔的手青筋崢嶸，扯魚索似一把捉起埋在阿姆胸前的鬈髮。阿叔的背從沒挺得那般直。廟祝阿詹被我阿叔提得立刻洩氣，額面胯下都癟成一攤鬆肉。余阿姆逕自坐起，雙瞳深不見底。

①一九五〇至一九六〇年代知名的香港影星。

丟那媽。

大雨終止。我家三口再次走過陳金聲橋走過雞腸街。彷彿咱身上帶菌，一扇扇窗戶逐次關上。兩副濕透身軀與一副缺靈的魂。這沒啥好掩飾。不像從前夜裡擰熄的菸頭，火是熄了煙卻透露著內情。從前夜裡我偶爾失眠，惦掛著戰無不克的藍劍，摸黑餵食一兩撮紅蟲。偶爾後房一角亮起一段菸芯，菸灰燃得沉長下彎。阿叔打赤上身著短褲蹲縮，似鬥敗公雞鎩羽。好幾次阿姆掀開睡房門帘打他面前行過，輕忽得不含重量，卻也把阿叔的頭震得更低。直到阿姆把廁所門閂咯噠勾上，阿叔才長吐一口氣震落菸灰。

那夜我家三口街上的團聚在坊間滿溢的流言缸上再加一石，頓時加速蜚語的流淌。此後不時有年老鎮民輕撫我頭，囑我好生保重，外加懷疑我血統的眼神。對阿叔，他們的話說得長一些。

你果真是你三保太監的後代啊。

說時夾雜三分惋惜七分曖昧。阿叔只有在被兜售印度神油時回瞪對方一眼，其餘總緘默得超然。

唯獨阿姆生活依舊，仍張著同樣的嗓門同樣的調，路過菜市亦隨手捏一兩把蔥。門柵裡門柵外，我最大的損失是從此少一勺清涼的三保井水來壯膽。

●

雲帆高張，晝夜星馳；涉波狂瀾，若履通衢。

---

一四三三年初夏，古里國外海風平浪靜。我祖上一身錦袍官靴，除緊閉的眼一切與生前無異。那是祖上出航後的第二十八個夏天。大鵬已不似首航時碩大，雖仍萬頭攢動船桅成柵，卻宛如扁嘴鸕鶿只能啄些浮淺小魚，無法昂首長嘯了。我祖上帥船一隅甚至低飛一兩隻海燕，噗噗拍翼赫然驚動似水鄉愁。回家吧。

可炎熱與蛆食讓我祖上回不了家。祖上最寵愛的臣子揮汗剪下祖上一撮髮辮，隨即恭敬將我祖上大體緩緩降入印度洋。艦上盤滿低音泫泣，與祖上首次出航的異口同聲不遑多讓。我祖上下墜時沒驚起絲毫浪花。還驚啥呢？有誰比我祖上更熟悉那翻捲的蔚藍。我祖上最後一次在水中攤臂，衣襬似海蜇伸縮，漂浮一陣即隱身而沒。

海豚！有船員忽然大喊。所有人伸首向下探望。一尾淺灰色海豚嘴角含笑逐著船舷跳躍，隱去。

寫到這裡我不確定，海豚的笑是嘴肌的一種牽扯抑或真的因為欣慰。一如我現在仍無從確定，阿姆滯留嘴角的笑是一種攣縮或洞悉世事的豁達。我留學歸來，阿姆已不去靠海神壇，鎮上的廟也多年不去了。阿姆的癡呆越來越嚴重，重得丟言忘祖。正當大夥以為她腦中的蜂房船體結構全被擊穿，我卻又從祖上身邊把她帶回。

誰也不曉得左腳已半瘸的阿姆如何攀越籬笆，爬到祖上鎖滿鐵條的身上去。她臃腫不堪的身軀似給祖上套層厚重龜殼，樣貌滑稽而神情詭異。我祖上再聰明也不會料到，他第八次下西洋竟有如此際遇。

我祖上離開已久，久得足夠讓他老人家坐上神龕，被供人間煙火。不知哪年某月，鎮裡同鄉有意再現祖上久遠的恩澤，往南京訂製十二尺石像一座，擬立在昔日設廠屯艙的山頭。於是我祖上在前呼後擁中再踏足五嶼。

阿姆，他們說給三保公立館。

嗯。

立館哦。

嗯嗯。

嘴裡的飯食和掉魂的記憶合謀使阿姆囁嚅其詞。手上彩紋竹箸經長年累月的捻夾鉛華盡退，手握處霉跡斑斑，與阿姆關節隆凸的手指同樣老朽痂結。夾起的西洋菜似水蛇吐信，淌水潺潺。

驟雨大暑，我祖上艦旗幡幡。以穆斯林之身沿海南下，以天妃娘之佑順水行舟，以法名福善遠征四方。若你硬要把我祖上納為滑頭取巧之輩，我也不反對。幹啥反對？那不過是大略鴻圖的遠見。我祖上以寬大無私的胸襟容納滿天神佛，在海上縱橫無阻。

可是，可是祖上沒料到如此深具大同的身分，竟令他死後進退維谷。大河淙淙，誰也沒料到我祖上現時只能困於三保山腳，身上原為方便搬運的鋼筋鐵條一根未卸。坊間出資的各路社團領袖一爭十年，無人有能力揭開穆斯林不准立像膜拜的封條。於是再次南來的我祖上只能穿著籠衣在樹陰下靜候十年，調遣二萬餘人的魄力一去不返。

我六百年後的祖上蹙眉抿嘴，石身鏽跡斑駁，那個下午阿姆忘情攀上時還不慎送加泥印幾腳。

鎮民皆知阿姆癡呆，凡從街尾橋底河口泥芭暗處尋見，必周到送返家裡善心安撫。只這一回攀附祖上石身，忽又勾起老輩鎮民腦裡的咸豐舊事。

據說阿姆當時表情淡定祥和得似一尊佛。鄰里表哥趕來傳報時口舌結巴，讓人誤以為阿姆舊憶復發。結果當然不是。赤道炎熱的陽光讓人昏昏欲睡，爬附祖上石身的阿姆其實更似一隻閒著沒事打瞌睡的貓，慵慵懶懶地什麼也不貪。那是阿叔不在後，阿姆最常擺出的表情。

阿叔雙腳一伸後啥也不管。表哥從電話裡催我回家，見到的已是阿叔那身腐朽乾癟的屍，面孔倒假得真切。因為被河水浸泡過的臉色不應如此飽滿的緋紅。關於阿叔的溺斃也沒什麼好記載的。不過是酒後燒肝失足，撈起時身上全是河裡蜥蜴啄咬的傷，十指足踝纏著布袋蓮鬚，肚皮最堅韌脹得似一面巨大的鼓，神態倒很平靜。嘴角一塊破損的疤使阿叔宛如臉帶笑容。一種酸霉的水氣氤氳了整個靈堂。阿姆安靜跪坐一角事不關己地打盹，最後居然打到祖上身上去。

我祖上啞口無言。鬱悶中踱到一九八六年剛建好的仿古王宮去。宮前大河早已改道，但也可能是我祖上記憶有失，這已無從究考。我祖上還在遊客紛擾的展覽廳中看到自己的背影。

那背影依舊披著錦緞官袍，但原來的意氣風發早已換成卑微躬膝，顫顫跪拜在一四〇五年的番邦首領面前。身後數員隨從完全不是寵愛的馬歡、費信們的臉。

一位身著緊身牛仔短裙的年輕小姐揮指講述：那個那個，最前排跪坐的就是明朝特使三保公鄭和。

我祖上大驚。

當下跌坐漆味未消的嶄新地板，在各色毛腿中悚然認出當年離碼頭甚遠即下騎迎接的番邦首領。

記憶中那首領剛換上了整座皇城最華麗的服飾，畢恭畢敬接過遠方皇帝御賜的黃傘與鎮國石碑，隨即接連叩首感謝大明從暹羅王手中奪回五嶼，助立滿剌加國。而後祖上一行昂首闊步踏上特設宴台享受歡呼與崇拜，那頭戴布冠的蘇丹則仔細伴隨在側。

而今新建的皇宮博物館裡正值壯年的首領一臉躊躇滿志，俯瞰殿下如蟻眾民時甚露王者之風。展覽廳裡各國語言隨意亂竄，比我祖上當年南來聽到的更複雜更快。朦朧之中曾經被我祖上遠遠拋開的哥倫布倏然出現，用他糊成一團的義大利口音直朝我祖上開口。

老弟，這就是你的發現？

我祖上沒料到這金髮白膚的同行突然開聲，頓時嚇得轉身就撤。

他衝出門柵鑽入小徑，跳過小橋與雜亂貨攤，還把河堤蘆葦撥得東歪西倒。直到兩腿發軟眼冒金星，岸邊蘆葦還把我祖上搞得一身毛癢，祖上一個噴嚏打出，弓腰時瞥見河面倒映的自己滿面汙黑，肚皮被無數慕名善信的手摸得滑亮，和廟裡那尊還未卸下鏈條的塑像一模一樣。

一隻淡水蜥蜴聞聲而來，張開大口就往我祖上足踝用力一咬。劇痛攻心。我嚇呆累壞的祖上竟垂手仰頭，嚎啕大哭。

# 土遁

要不是雞啼，南嵐真懷疑自己已經失聰。一夜單調重複的蟲鳴豸語，很容易讓人錯覺那是耳鳴那是幻聽，而非真有其源。

南嵐慢慢伸直雙手。黝黑的手臂這才覺得癢，上面滿是蚊叮的印記。左手肘窩黏著一攤早已乾硬的褐紅血跡，拖著盡頭一隻乾扁蚊屍。怕是忽然被夾死的，有著很不瞑目的樣子。

兩根瘦胳膊在胸窩裡縮了一夜，因為太久沒動，這時已陌生得像身後靠著的樹。南嵐這一伸展像忽然驚醒了皮下的蟻，四處亂走啃咬著神經。他移了移腰板，碎蟻失去重力迅速灑落雙腳。一陣痲痛使他不得不停下所有動作，弓起腳趾等亂局過去。

清晨重霧。微寒。

南嵐出走得太倉促，什麼也沒帶，上半身只著一件圓領背心。頸背上方鷹塔標的小布塊早已磨損，剩半座塔搖搖欲墜。兩攤汗液染出來的黃畏畏縮縮地夾在腋下，時間一長就成了老漬，特別善感。背心本是白的，但這三天的逃亡下來沾了不少泥濘、草汙和雨水，看起來面貌就很豐富，似把一輩子都穿在了身上。

南嵐下半身著一條土褐色短褲。及膝，褲管很大，要捏起多餘的布料對摺，壓在腿下才能阻風。可這清晨的寒冷豈是這樣一點小聰明就能抵得住？於是蟻咬過後冷就掩至，南嵐禁不住抱著膝蓋微微發抖。

雞啼斷斷續續，似近人煙。想不到跑了那麼久，始終不離人氣。

可南嵐是無力站起再跑的了。因為飢餓與寒冷，他每抬一次手都像扛了一路柴；每伸一回腿都似攀了一回樹。連發抖都似用盡餘力。此刻別說雇主的打手們追至，要是前頭突然出現一頭虎、一頭狼，南嵐也只好閉著眼、縮著頭，任由牠吞噬。

逃？哎你以為他還能逃到哪裡去？若有餘力，還不如就地挖個坑把自己埋了，也好躲過暴屍荒野的命運。南嵐夢裡的長者們老早就在叨念了：睡一會吧。再睡一會吧，反正也不知還能逃到哪裡了。

樹林頂上的天空比南嵐躲著的這堆雜草叢要亮一些。南嵐頭上的光讓晨霧索去一些、茂密的樹葉篩去一些、身後的板根蔓藤又討去一些，最後漏到自己身上的已沒有幾成。可五指輪廓還是看得清的，更別說眼前這隻嘶呼嘶呼噴著熱氣的狗。那狗咧嘴齜牙卻畏首畏尾。

南嵐眨了眨眼，覺得這狗是從土裡突然冒出來的，不可置信。他要是再清醒些，必可憑經驗分辨——那是條老菜狗了，平日是用剩菜殘羹養的，頸下垂著皮，腹下盪著奶，聞到什麼陌生氣息時反應也是慢吞吞的，不足害怕。

狗畢竟是老狗，一看是一坨緊縮著四肢微微抖動的東西，怔了，一時還忘了吠的本能。

南嵐閉上眼，重新覺得那不過是夢。可閉眼反而幻境寂滅。等他再次睜眼，老狗壓著喉的嘶呼和畜生身上慣有的腥臭，緊緊拉拔他皮下每一根神經。

二物保持姿勢對峙，都不敢動。

濃霧散去一些，再散去一些。天色亮了一點，又亮了一點。老狗背上潰爛化膿的傷口也看到了。狗則可能看到了南嵐藏垢的肚臍眼。南嵐的心怦了幾下又蹲回原地。本來以為就此死定，之前的奔跑都白費了，可這狗怎麼看也不像有惡意，更不是舊雇主飼養的那幾頭凶猛獵犬。他試探性地把右手從懷裡滑下，在右臀邊摸索，有個什麼枯枝或石頭在手也好。

老狗忽然仰頭，呼吸得更急促。老喉頭吠出來的聲音沉沉的，不特別響，倒有點示意南嵐稍安勿躁。

南嵐急了。不行。他可不願再受制於任何動物、主人。右手叭一聲摸到一根枯枝，拇指和食指暗自使力對鉗一下，猜還算硬朗，便握了在手裡。然而枯枝盡頭竟連著縱橫交錯的蔓藤，也許還躺了許久都長成了一體，南嵐用力一扯不但沒把它操起，一個拔勁倒使得自己失去重心，往前顛了大步。

老狗嚇壞了。兩耳往後一豎接著抬頭沉腹，嘴肌猛縮張口吸氣。眼看就要為不知好歹的外物來一場轟天動地的狂吠了，卻被一聲澀重的吆喝硬生生地制止。

——嗬！

僅餘腹下幾個奶頭亂顫，老狗吠聲轉弱，眼神卻還是熱的，繃著爪子在爛泥地上亂刮。逼近南嵐一點又後退一點，後退一點又逼近一點，卻始終不敢前撲。

南嵐一副瘦架子重新內縮，凹陷的眼終於急出了淚。

待剛剛發出那一聲「嗬」的人撥開雜草行近，老狗又邀功似地圍著南嵐繞了一圈。這回還有點洋洋得意——看吶，俺費好一番功夫，才替主人你守住這坨肉。

看？南嵐可不敢抬頭，眼睛卻從抱頭的手臂間溜出，惶惶如困鼠。

草芭中先出現一雙老膠鞋。鬆鬆癟癟的。鞋帶全繫成一團還沾著草刺。頂上的闊褲管是粗麻布。褲管黏著淤泥。南嵐視線一瞟又迅速往下。地上一步就是一個大泥餅。兩根泥褲管一前一後停在眼前。外八字，很霸氣的樣子。

——不。那不像。真的不像是雇主的守衛。

他們的腿粗壯多毛，螞蟻爬了進去也找不著出路。這綳了線的褲管底下卻是兩根鐵棒似的腿，腿上暗筋交錯直落鞋幫，矗立如盤根老樹。

泥褲腿喝退了老菜狗，伸出一隻手碰觸南嵐右肩。南嵐反射似地抬肩，順勢用臂擋開泥褲腿的試探。

——活的。至少還是活的。

泥褲腿便用上了勁。右手插向南嵐左腋，把他拉了就走。「走，走。回去我家。」

南嵐依然縮著身體用手抱頭，卻抵不過泥褲腿的力，被拉的那半邊身體吊在泥褲腿臂上，另半邊卻依然向著地。一個少年的勁狠起來也是很大的。可是因為這幾天沒粒飯下肚，力就洩了，只剩不忿和惶恐死死賴著，墮地。泥褲腿不理，到底再伸出一隻手捉著南嵐後頸，半拖半提地把穿山甲似的那物拽回了家。

有知道南嵐來歷的人事後一想，無不覺得那一老一少對峙的蠻勁，是從那個清晨起就開始比畫的。

●

僧人掃葉，有風。

那裡原來是沒什麼廟的。有的也不過是三四坪大的神龕，門面簡簡單單地立著階梯與窗，即使有圍籬也常年不關。後半部為了阻擋一落下就蠻不講理的雨，有善信橫空搭出一塊帆布，烏綠烏綠的，也不知是因為長了藺還是褪了色，像神祇一件落拓的披肩。

神是什麼神其實也不很重要了。因為從沒聽說祂靈驗，給過善信哪些好處。然而每逢神誕仍會有人上供燒香，或在烏臉長鬚的神祇前留一包印尼草菸。

後來不知怎的，壇子裡來了一位僧人。

是僧人吧。因為他一出現就是個大光頭。無人理會他額上有沒有戒疤。——什麼時候開始，僧人就不再有戒疤？

那人也不避忌神佛本不一家，晚上就在壇座左側橫幾片木板躺下，白天則幫忙打掃神龕周遭空地。逐日在龕後種了青菜，日子久了，就有了點天下大同的意思。再久一點，居然連木魚也弄了出來。早晚兩課亦會傳出些木魚聲。只不知他向著哪個方向念誦而已。

山鄉野地來了常駐僧人，鄉民起初也曾前去探問。僧人卻總是捋起衣袖勞作，人前人後都笑呵呵的，大家方言不同，好像也說不太清楚誰來何往。再說也沒見那寂寥神祇託夢抱怨，或暗示過什麼異象天災，大家見神龕周遭有個人固定打理，就不再多事追問去來。

雨季接續將臨。之前乾旱太久，遍野的樹早爭著落葉，全伸著枯枝向老天討憐。

落葉是天天有的，僧人也就天天掃。也不知是修行的一部分還是解悶的一部分。而且常常是剛掃了這頭，那頭風又颳來。於是這壇子周遭，幾乎除了風颳的呼嘯，就是僧人掃葉的唰唰。

掃起的枯葉全被僧人倒到神龕後頭一個泥坑裡，傍晚點它幾把煙火，正好驅蚊趕蟲。

——沒有殺生哦，不過是驅趕而已。

有時候南嵐也會幫忙僧人掃一掃地。

僧人在廟後掃，南嵐在廟前掃。再不然就由南嵐把捏得皺巴巴的幾塊錢，塞入神座前的香油盒裡。那盒子，神龕真正的管事者才有鑰匙。盒子整個黏死在水泥地上，搬也搬不走。

南嵐塞入的錢，當然是泥褲腿的。每一次泥褲腿獵到了果子狸、山豬、四腳蛇、山雞或其他林子裡的獸，都會吩咐南嵐到廟裡添點香油，贖罪似的，求個坦然。南嵐出現以前，泥褲腿總要自己跑一趟，說是這討山的活很不容易，得感謝神明賞口野味過日子。

那時候南嵐已經和泥褲腿住在一起了。而且泥褲腿根本不叫泥褲腿。南嵐叫他峇阿爸，其他的人叫他阿峇。

阿峇把南嵐撿回來時，讓他在自己床上睡了三天三夜。據說那三天三夜沒停止過的打鼾聲驚得老菜狗失蹤了三天三夜。還有人親眼見證，那三天三夜醃出來的汗臭讓峇阿爸後來把被褥洗了三次、晾過三遍，才除盡了臭。

醒來，南嵐就跟了峇阿爸，到現在。

本來一支公①、一條狗、一間屋，突然多了一個外人，還不同祖宗，難免引起大家的好奇。後來阿峇逢人就說，這是他出村請來的外地仔，幫忙種芭的，久了大家也就不見怪了。

阿峇起初還怕他再跑，畢竟是突然出現的，總得防著又突然失蹤。剛來那時候，錢啊獵槍啊腳車啊什麼都是阿峇自己攬著的。怕和撿來的人一起丟了。後來發現只要給他吃個飽，找個竇②讓他睡，他也沒有想跑的意思；直到給他工做還很俐落，就決定把他長留在自己身邊。

——河入海，根歸土。

這把年紀了，到了大限那天總得有個人送送。「你留下來吧。」

那以後南嵐碗裡的飯就較多了。

可是床呢還是阿岧留來自己睡的。

沒有人聽過他們怎麼溝通。語言好像從來就不是障礙。反正阿岧與狗都能溝通，南嵐難道不比狗聰明嗎？山野莽漢，日常生活中也許只需幾個單詞，就夠了。

或許南嵐也是這樣和僧人溝通的。

僧人已經不穿袈裟，長年穿一件奶白背心，加灰色布褲。腳下一雙布鞋行走無

---

① 粵語，一個人，又指單身漢。

② 粵語，巢穴的意思，意即躲藏之處。

聲，只有頭皮上的光綠顯出了身分。那頭還真光。細心刮過的，看起來就和別人細心梳理自己頭髮的心思沒兩樣。

南嵐來之前，他就已經在這山野荒地待了段日子，神龕後頭的破帆布都換過兩次了。

到那裡塞香油錢的次數越多，南嵐可做的事情好像也越來越多。看著僧人澆菜啊，擦拭壇座啊，清理香灰啊，有時老菜狗會一同來，有時也不。互看得久了，兩人或許真能交談個一兩句。這奧妙外人不懂，更沒心思仔細研究——都是外地仔，誰會理。

反正南嵐就覺得，這僧和其他人不同。

大概和他一樣，都是不知哪裡冒出來的，都有點辛酸，於是有了點同落天涯的認同感。

往後有人也如此分析南嵐與僧人的親近：背後啊可能是一種見勢頭不妙，就再次遷移的妄想，諸如「誰知道將來會怎樣呢？」之類的安全踏板。

僧人本就來者不拒。只是願意靠近他的人實在太少。南嵐來的次數多了，壇子後那把新綑的椰枝掃帚幾乎就是他專用的了。

那日風吹得起勁。都掃了大半個上午，地面還在颳著葉。

僧人提著畚箕走到神龕前，南嵐幫他，把枯葉聚在椰枝掃帚上一兜一送，就掃入畚箕。偶有一兩片漏網的掉出來，僧人用小腿一攔，腳板一踩，亂葉靜止飄動時南嵐趁機一掃。哪怕再多不聽話的葉，在這樣的契合下也無法開溜。

僧人咧嘴，滿意地笑。

南嵐掃得有點興起，舉著椰枝掃帚在兩隻手上交替著轉。舞關刀似的。不慎一個叭嗒，碰跌了僧人手上來不及後退的畚箕。篤一聲，裡頭該掉的都掉了出來。

僧人瞪眼，南嵐吐舌。你看看，還得多費一次力呵。兩人同時蹲下，想拿起掉落的掃帚和畚箕，卻又故意瞪著眼。互瞅。再互踢了對方一腳。

「呃，天暗了。你快回去。晚了你阿峇要罵。」

——南嵐啊咱回去吧。

老菜狗出現的時候南嵐往往就該走了。

峇阿爸從芭裡回來前，南嵐必須買好四馬路的咖啡烏。峇阿爸嘴裡的牙就是四馬路咖啡烏的活招牌，遠遠看去，已經分不出是牙齒鬆脫後的黑窟窿，還是被咖啡烏染成的黑珍珠。那和他兩根夾慣印尼菸而染黃的手指一樣，是勞動者和小小的生活情趣互打的一種暗語。

那只用來打包咖啡烏的鐵罐子，蓋子還不是原來的。雖然罐身已撞得坑坑巴巴，但因為仍沒穿透，所以南嵐每天還得提著它到四馬路去打包滿滿一罐咖啡烏。話又說回來，峇阿爸屋子裡的東西，也沒有哪件是新的。

四馬路不知是誰取的名。它應該另有一個老老實實的外文名字。可是誰在乎呢，擇定路名的英國佬可能一輩子也沒親眼看過這泥徑。叫它「馬路」還有點抬舉了它似地——就一條泥徑，依那頭直走，可以通到市鎮上去。後來說是要修路，從鎮上到山的那一段確實有人來撒過一層薄薄的瀝青。只是修到山芭開始的這一頭，路莫名其妙就停了。所以大家就把泥的這一段看成自家路，瀝青的那段看成公家路。

# INK PUBLISHING 讀者服務卡

您買的書是：____________________

生日：　　年　　月　　日

學歷：□國中　□高中　□大專　□研究所（含以上）

職業：□學生　□軍警公教　□服務業

□工　□商　□大衆傳播

□SOHO族　□學生　□其他 ____________

購書方式：□門市_____書店　□網路書店　□親友贈送　□其他_____

購書原因：□題材吸引　□價格實在　□力挺作者　□設計新穎

□就愛印刻　□其他 ______________（可複選）

購買日期：_______年_______月_______日

你從哪裡得知本書：□書店　□報紙　□雜誌　□網路　□親友介紹

□DM傳單　□廣播　□電視　□其他

你對本書的評價：（請填代號　1.非常滿意　2.滿意　3.普通　4.不滿意）

書名_____　內容_____封面設計_____版面設計_____

讀完本書後您覺得：

1.□非常喜歡　2.□喜歡　3.□普通　4.□不喜歡　5.□非常不喜歡

您對於本書建議：

感謝您的惠顧，為了提供更好的服務，請填妥各欄資料，將讀者服務卡直接寄回或傳真本社，我們將隨時提供最新的出版、活動等相關訊息。

讀者服務專線：（02）2228-1626　讀者傳真專線：（02）2228-1598

| | | | |
|---|---|---|---|
| 廣 | 告 | 回 | 信 |
| 板橋郵局登記證 | | | |
| 板橋廣字第83號 | | | |
| 免 | 貼 | 郵 | 票 |

舒讀網「碼」上看

235-53

新北市中和區建一路249號8樓

**印刻文學生活雜誌出版有限公司　收**

讀者服務部

姓名：＿＿＿＿＿＿＿＿＿＿　性別：□男　□女

郵遞區號：＿＿＿＿＿＿＿＿＿＿

地址：＿＿＿＿＿＿＿＿＿＿＿＿＿＿＿＿＿＿＿＿

電話：（日）＿＿＿＿＿＿＿＿＿＿（夜）＿＿＿＿＿＿＿＿＿＿

傳真：＿＿＿＿＿＿＿＿＿＿

e-mail：＿＿＿＿＿＿＿＿＿＿＿＿＿＿＿＿＿＿＿＿

INK

自家路邊搭自家攤。再怎麼說，也是自家地上建的自家房。那年頭，公家他還管不著。大概就憑這點賭命運的勇氣，杜細姑那一家小茶攤就這樣，撐了下來。

四馬路咖啡烏還是杜細姑的金招牌。一個寡婦，靠炒幾道米粉麵、泡幾杯咖啡烏就能帶大一個遺腹女。從她哭鬧拉撒到現在十三、四歲，這女兒還特別不好養。別的不多說，只看那穿孔了又補，補了再穿的濾茶渣布袋，就可以揣摩出這女人大半身的苦。

濾茶渣的布袋本是奶白色的，經年使用，就變得上淺下深全是咖啡茶漬染出來的暗。即使只往裡頭兌開水，好像也能泡出濃茶來。杜細姑的人亦是那樣，讓事故染得多了，隨便一擠就可以壓出一大捆前朝舊事。五十上下的年紀，腰板卻還挺得很直，罵起貪小便宜的人客口齒更利索，剁蒜泥似的，篤篤篤篤一陣就把人給剁掉了。

攤前小坐，要她講故事也不難，只要讓她以「我」這詞開始，說著說著各種情緒就冒頭。說著說著，聽眾的同情也會來。

可杜細姑是什麼人啊。她爐裡的炭是自己到店裡扛來的，攤頂上的棚是自己動手架的。別人雨天還不願進山芭，她不管天晴天陰，麵攤裡的幾張木凳子照舊擺著，你要同情她命苦，她還要笑你的多愁哩。搞不好被她滾燙的咖啡烏灼傷了舌，她還會反過來譏你笨。

南嵐把鐵罐子放在火水桶上，旁邊默躺著剛燙熟的水煮蛋，殼上幾道痕冒著煙。

杜細姑把開水倒進濾袋，下端一道烏汁直落鐵罐底，沒望一眼攤前的小夥。反正阿岩的口味數十年來如一日。從阿岩哪件衫上哪粒鈕扣掉了，到他額上新長的紋、腮下剛冒的鬚，沒一樣不是她心裡有數。

南嵐直接把錢放在碗櫃上。也是不用多看的。

「等陣阿岩給，你先拎著。阿岩今早講，伊要早返。你在這邊等伊。」

——等他？反正岩阿爸早不早回，和我沒關係。

南嵐抿嘴，忍住了這話沒說。復又在心裡嘀咕：岩阿爸和你，好像還有關係。

他在攤子邊的土墩上坐下，用腳趾踢踏著地上的紅土。那麼靈活幹練的一雙腳呵，似永遠在戒備，隨時能跳牆。老菜狗經過這一些日子，好像更老了，交疊著腿懶懶散散地在一旁打盹。稍頃卻突然豎耳抬頭。

「峇阿爸。」南嵐停下無意識擺動的腳，叫了一聲細的。

「南。吃了沒？」

南嵐搖搖頭。

「哦，阿細，炒兩碗麵，加蛋加豆芽。」阿峇把手上的麻包袋丟到桌下，擱隻腳在身邊的板凳，再一屁股印在霉了背的木椅裡。南嵐移了一下位置，本想坐在那擱了腳的板凳上。

「南，吃飽後同我拎個袋先返家。」阿峇接過南嵐遞的咖啡罐，用眼角示意桌下的麻包袋。

杜細姑加大了火，熱鍋，撒油，爆蒜香。「今日捉到乜嘢？」

「唉，整晚得隻果子狸。不知是不是被山老鼠先偷去。」

「是山老鼠的話哪裡還有剩。政府兵整座山找人，撞到好麻煩的。」杜細姑鏘鏘鏘地鑊著鍋，用力翻麵、落料，香味四溢。臉上的光和鍋邊的油同樣滑亮。

南嵐靜靜等麵，沒有聽峇阿爸和杜細姑的對話。它們總是那些狸呀貓呀、兵呀鼠呀，很無趣，也不太聽得懂。無聊中眼神瞟到峇阿爸頭上。峇阿爸的髮被漁夫帽壓了一個上午，現在拿下來還罩著帽的形，很好笑。中間那部分禿了。

——禿了嗎？幾時禿的？

南嵐有點想不起來，那是峇阿爸本來就禿的，還是最近才禿的。他好像從不曾留意峇阿爸的頭頂。

「睇乜嘢？」

南嵐馬上低頭，心有點虛。

老菜狗在桌下使勁嗅著麻包袋。那根快掉光毛的尾不時掃過南嵐的小腿。杜細姑心細，炒著麵時還知道南嵐看的方向，自己也瞄了那一老一少兩眼。

麵好了，話聲暫時停止。兩人低著頭猛扒，吸麵的聲音和杜細姑爐上沸騰的水同時在響。阿峇碟裡的麵剩下不多，頸側上的筋依舊猙獰地凸。

頭髮隨汗黏在額頭、頸背。

褪色的衣領被磨出一點毛躁的邊。

一條汗漬偷偷從髮尾竄入衣領。

杜細姑把眼神收回，用小碟裝著早已冷卻的水煮蛋放在阿峇面前。

「吃咁快。還有蛋。南，你要嗎？」

南嵐搖搖頭，雖然自己那碟也快扒完。阿峇沒有抬眼也沒有作聲，靜靜敲著蛋殼，順道把幾塊吃剩的雞骨掃到桌下，老菜狗猴急地啃。啃完南嵐也吃完，彎腰拿起麻包袋離開。

杜細姑提著水壺坐過來，一副打算商量要事的樣子，「阿峇，我話你知，你那外地仔，今天又幫和尚掃地。我阿女講的，和尚還一起講笑。」

「無啦，我阿南哪裡會講光頭的話？伊連和我講話都無三句。」

阿峇呷著咖啡，從衣袋裡掏出菸，點上後狠狠吸了一口。火頭猛地亮了一下。吐氣時，菸焦和汗酸同時熏開。

「我話，你不好不小心。今日什麼世界你不知道。山老鼠那麼凶，還很厲害躲。那個人又不知從哪裡來……」

「我知啦。」

「免抽那麼多菸啦。你辛辛苦苦養伊，伊又講不出伊從哪裡來，你不怕養熟後伊把你老本一起帶走……」

「養熟了就不會走。」

「熟？我的雞蛋才會熟。你不要講，我一看伊的眼神就有點驚。還有和尚，伊像和尚咩？和尚哪裡是那樣，我去還跟我亂笑……」

阿呇再細細吐一口，右手夾菸，左手直接舉著罐就喝。罐裡的咖啡烏已經有點涼，喝了幾口，杜細姑接過來拿到爐上熱。

「我話阿呇，你睇政府兵會真的叫我們搬嗎？咁多人講了咁耐。講要搬去一塊新地大家一起住。都是山老鼠，我們搬去住哪裡？」

「講要搬要搬，最後不是又沒搬。阿鳳呢？」

「我關她在家。早上又亂跑。還有碗糕你要不要？阿呇，可能政府兵要我們搬也有好處。人那麼多就不用怕，你爸那塊地……」

那樣的傳言已存在一段時間。那時大家都聽說，是政府為了要斷絕山老鼠後路，打算把芭裡散落的居民都集中到一起。

可是阿峇的地呢？阿峇他爸留給他的地。

阿峇甚至有點相信，在那地裡撿回來的南嵐，是他祖宗賜的種——讓他也好留個根守住這片土。

可是為什麼偏是和自己不同祖宗的恩賜呢？

這裡頭也許有隱情，但阿爸他一定有他的道理。只是自己太笨，還想不透。

一支公、一條狗、一間屋，還有一塊爛芭地，這就是阿爸留給阿峇的全部。阿峇幾乎一有時間就抽著菸想，有時也會看著南嵐的背影想：為什麼呢？為什麼我要帶回一個烏仔讓伊跟住我。為什麼呢？為什麼我給伊吃給伊住，伊還同我不很親。

為什麼呢？為什麼要搬家。

為什麼呢？為什麼沒有地，伊們也可以活？

「喂阿峇……你聽我說……」

杜細姑不知什麼時候已經把所有碟子撤走，到阿峇前面隔了一張桌的塑膠盤前蹲下。

腰身被蹲姿拉緊，衣襬纏出幾節綳腫的贅肉。細姑扭開水龍頭，水流順了後再關小一點。像她炒給外地人的麵裡總會落少幾根豆芽——她自己和阿峇說的。

水溢了出來，杜細姑稍稍挺腰，伸手想把水龍頭關掉，一連伸了三次才勉強夠著，還要用一根胳膊抵著膝蓋。

阿峇好像還聽到杜細姑骨節間響著的哎喲，眼眶突然熱了一下。

——這一過去就那麼多年了嗎。

阿峇很努力地想開口，總要為這過去的長日子說點什麼。可想了半天，只說出一句話：「哦，阿細，你有冇剩骨頭給我老狗。」

杜細姑轉頭望了一眼阿峇。

那麼多年了這男人總是這個樣。也不好怪他的。

「有，」立刻起身擦了擦手，「我拿給你。顧狗比顧人還緊要……」

阿峇一口喝光了咖啡烏，把頭昂得高高的。喉裡有個說不上的什麼，哽在那裡很久了，卻又總是硬生生和水沉下去。那麼多年總是這樣，一到點上就熱起耳根不敢望。本來就大字不識一個，這時連話也不會說了。

喝完，掏出錢放在桌上，一把提起杜細姑留起來的剩骨殘渣連個謝字也沒有。臨走前回頭總算丟了一句話，也是木木的：「等我劏了狸肉明日叫南拿點給你，你和你阿鳳煮咖哩。」

●

入夜，天下著細雨。這雨季來得有點鬼祟，趁人不備時悄然偷襲。

「落水。」

明天也許伊們不用割膠，但還是要把膠刀磨給人家。阿峇望了一眼天色，順手從籬笆眼上解下倒掛著的膠刀。

只有五把。比平日少了。磨刀石有幾塊，薄的厚的各有不同作用，有的中間薄了，有的頭細了，日久就磨掉了邊、磨出了彎。旁邊盛水的鐵桶和阿峇的皮膚一樣，怎麼看都很有閱歷。門檻好像也被阿峇坐塌了，淺淺地凹著一個臀印，阿峇就坐在那裡磨膠刀。

雨水被屋簷導到溝渠。偶爾幾顆水滴在簷角伺機，分量夠了卻頹然墮落。老菜狗捲在阿峇腳車下，兩只鐵桶的中間，表情和雨一樣蒼白無趣。

鏽鐵罐裡的水，扁平磨損的石，經驗熬成的勁，這大概就是人們喜歡阿峇磨刀手藝的原因。每一下磨勁都是實在的，鋒利的刀刃才傷不了樹。阿峇彎著腰一手捉石一手握刀，先在石與刀上灑點水，就順著氣息忙碌起來。耳上夾的一根熄火草菸耐心等待，等著這活幹完，再敬上一次臨睡前的飄然欲仙。

南嵐在自己的床板上磨蹭。把撿來的臭豆每六條綑成一束，明天好放到門口去賣。臭石燈在木梁上亮著，不時要泵它一把。兩人無話，蟲豸多語。

豆光中阿峇突然想起了什麼，「南，你以後和我進芭吧。」

進芭？南嵐停下手中纏樹膠圈的動作，不作一聲。

「明天你把狸肉拿去給細姑，然後就來芭裡找我。」阿峇用手掌舀水淋向刀鋒，再把膠刀拿起，用拇指順著刃刮兩刮，放下，再拿起另一把。

南嵐捏著六條臭豆，用樹膠圈在豆把上綑圈。用力一扯，啲一聲，細膠圈竟然斷了。

「南，換點水。」阿峇依然彎腰趕著磨。

南嵐摸索到了床下的拖鞋，走到阿峇面前拿起插著各式條狀磨刀石的鏽鐵罐，到水龍頭盛了一罐水。回來卻放在阿峇屁股左側。鐵罐觸地時有一些水濺了出來。阿峇騰出左手往後摸，哐啷一聲，居然撞倒了罐。裡頭的水競相流出。

阿峇轉頭往身後望，南嵐的背影恰恰隱進了房。簷外的雨好像更急了些。

果子狸肉是昨天就剮好的。去毛剝皮，本來應該馬上拿給杜細姑。可是四馬路那頭離他們家有一段路，平日繞過去一次半次沒什麼，一天來回幾趟卻仍會累人，於是跑腿的工作就由年輕力壯的南嵐來擔綱。

說好了，給了肉，然後挽著咖啡烏到芭場裡會面。

阿峇一早就進了芭。那裡沒有膠山也沒有魚池，就只是一塊他阿爸上輩子留下來的地。沒有人知道那塊地是什麼來頭。它像胎記一樣，一出世就長在阿峇的意識裡。也許以前是有商用價值的，那年頭你有本事圍起一坪地，有運氣躲過鬼子的殺戮，有勇氣抵抗群獸的私闖，那地就是你的。阿峇那塊地交到他手上時已是一片荒芭，大概只有老菜狗和阿峇自己能穿過充當籬笆的矮叢，從無路中踏出有路來。

沒有人確定他在裡頭幹些什麼活。大概也不過長了幾株果樹，因為他偶爾會拿一些到杜細姑的麵攤上賣。或是種他幾種蔬菜、絲瓜，養他幾隻家畜。那種山芭地總不可能種出水稻來。其他的各類植物霸占了大部分地方，是陽光和雨水養著的，也不好除去。

最大的收穫，恐怕要數芭地靠深山那一邊，阿峇精心設下的幾個陷阱。不時有迷路的獸被肉餌誘引，掉入且被困了一整晚，第二天阿峇走進時再給困獸補上一兩顆火槍。其他的時間，就不知他在山裡做些什麼了。

杜細姑的麵攤清晨就開始做生意。那個早上，路經者不多，玻璃碗櫥裡的九層糕只切去一半，像這土地唯一長駐的彩虹。

杜細姑嘮嘮叨叨，一邊的女兒阿鳳坐在椅上托腮，不時莫測高深地微笑，像每一個早熟的少女最常擺出的迷惑而誘人的模樣。你說她有意似不對，說是無意也不盡然。過大的舊襯衫隨便在身上套著，第三和第四枚扣子扣錯了也沒去搭理。

桌上一排黑螞蟻趿過。阿鳳伸出食指往蟻隊行進的路線中間一劃，蟻隊頓時亂了陣，四下亂散。她倒覺得有趣，格格格地笑起來。

有顧客從她身邊站起，喚杜細姑收錢。杜細姑口裡一聲硬一聲軟地應著，軟的聲調應答客人的要求，硬的吆喝則是喊自己女兒過去算帳。叫了幾聲，阿鳳才慢條斯理站起，裙腳卻還連著椅子，懶懶地伸出一隻手向客人攤開：「六角。」客人走了，杜細姑的嘴一貫微張，手卻是俐落地擦拭一桌杯盤狼藉。

這匆忙的動作是南嵐所不能了解的。他尤其不能了解，為什麼他只要一扒完自己盤中最後的一口糧，杜細姑那長著霉斑的破碗布總會在他身邊嚴陣以待。平常日子，南嵐放下竹筷那刻，杜細姑的手就已伸來，猛蛇吐信一般一捲就吸去了空碗。有時候他甚至連筷子也還沒放下，那手就掃來。嘴裡要是還有骨頭渣滓，就只能直接吐在地上了。

南嵐往前遞上剉好的狸肉。「哦，唔該。」杜細姑瞄了一眼，嘴角的笑還沒有她說的句子那麼長。

裝咖啡烏的鐵罐則擱在桌子上。包了兩層舊報紙的狸肉依然嗅著了腥。剛把錢掃進櫃桶裡的阿鳳向那包狸肉走來，嘴角上翹，兩眼發光。

杜細姑馬上對自己女兒喊了聲「去」，望著南嵐的眼卻是謹慎而充滿戒備的。阿鳳不明白母親阻止的原因，仍舊往那誘人的肉塊走。那可足夠煮出一整鍋讓人垂涎的狸肉咖哩了。

阿鳳跌跌撞撞地走，半截食指塞進了口，嘴角還聚著細沫狀的唾液。杜細姑丟下手上抹布，一個箭步跨到桌前，比女兒早一步拿下了狸肉，再背著南嵐瞪了女兒一眼。阿鳳愣了片刻，歪頭看看肉，再抬頭看了看南嵐，復又咧開嘴傻笑。笑裡沒有丁點的內涵。

阿鳳難以明白母親的顧慮，南嵐卻是懂得那婦人心裡的多疑。他假裝沒看到杜細姑厭惡的表情，逕自走了。

——走，走。走去哪裡？

一想到走，南嵐腳下的步子就越踏越快。不知是他憑著意識帶著腳走，還是腳憑著記憶帶他到林子口的神龕。

南嵐步子飛快，快得咖啡罐忘了盛滿，快得老菜狗要追上他還有一段路。但老狗似乎沒有追蹤的興趣。等他因為跑累，氣喘吁吁地靠在一株紅毛丹樹下，才發現身後的狗根本沒來，連太陽也被隔在好遠好遠的視線之外，天色「嘭」一聲像是蓋了被。

他靠著靠著忽然就感到了慌，似杜細姑的舌又從頭後捲來。有一點拔腿的勁從腳板升起。可習慣安逸後的腿怎麼撐都邁不開。只好勉強拖著走過幾株相思仔、山馬茶，再停下來喘息時一看，赫然已立在了山野神龕前。

既然來了，就進去吧。倒是暫時忘了今午必須進芭找峇阿爸的事。

神龕周遭空無一人，僅裡頭山神屹然，不算和藹地傲視一切。爐上冷清清的不見半支香。僧人不在。四周很靜。有枝葉掉落的吧嗒。南嵐在附近繞了一圈，彷彿連時間都是不在的，自己則是唯一擾世的亂源。

明明前日到過啊。

只不過隔了一日，就因一直原封不動，而讓人分不清虛實。神龕矮牆上的窗斜斜漏進一束光，有一點塵在裡頭升降。看久了就以為是光動。

南嵐坐下盯著那束光。眼睛似長出兩隻手，捉著光束往上爬。爬到頭時被窗框阻擋，砰一聲掉下，下一眼又從底再來。看累了就打盹，乍醒已經是中午。山雨正好滴滴答答地下，等雨停後，大半個下午又過去了。僧人依然不在。

想想峇阿爸，怕也是這時候從芭裡出來，晚了山老鼠和政府兵同樣會擄人，南嵐才醒起回家。

說回家、回家，心裡卻擔心見到峇阿爸，該怎麼解釋自己今天的失約。

●

一切是怎麼發生的呢？僧人不見了。峇阿爸也不見了。

南嵐坐在床板上努力回想昨天的事，卻沒找到兩人失蹤的任何關鍵。要是杜細姑不風風火火地來，門一踹開就把昨天忘了拿的咖啡烏鐵罐子往南嵐身上扔，將他從床上振醒，他還不知道發生了什麼事。

「說！阿峇呢？阿峇呢？」剁肉聲似的轟炸，「什麼？你不知道？伊昨晚沒回來？」

南嵐怔怔望著峇阿爸那張大木床。那裡沒有任何躺過的痕跡，碎花百衲被的一角在枕上撐著像醒了一夜，盼著盼著的主人徹夜未歸。

南嵐只曉得搖頭。

杜細姑霍地從南嵐身邊跳開，撲向阿峇的床慌張地翻著被、翻著枕，一切全被她拉扯下地。本來就殘舊的床吱呀響，被白蟻蛀去半邊的牆顫抖著漏下一點屑。完了又在屋前屋後一陣找，所有的家具都被她撞響，凡是能藏人的旮旯、不能藏人的細縫都探過了，終於岔開腿頹坐在門檻的臀印上。忽然又跳了起來去看院子外一口大水缸，兩隻青筋盡脹的手緊扣著缸口，缸身那條青龍殘雕嚇得閉目結舌，釘在那裡不敢動。

南嵐擦著眼屎呆呆地看。杜細姑的影和老房子的景像落了水般晃。杜細姑最後站起來往門外衝，不慎踩了前後亂跟著跑的老菜狗一腳，老菜狗嗚嗚地縮著頭竄進眠床底。她憤怒而惶惑地瞪了那畜生一眼，同樣的目光彈中了仍在床板上呆坐的南嵐。

南嵐一吃驚，此刻才睡意全消。

杜細姑一掌推開半掩的門扇，笨重的臀壓著不成比例的細腿衝出去。

南嵐從床上跳起——也許，也許峇阿爸真出事了。

顧不了眠床下的狗，他也跟著杜細姑奮力跑。跑，跑，跑。這樣沒頭沒腦的撒腿就跑常讓人失去判斷方向的能力，就只想著跑。

倘若還有所冷靜，那麼杜細姑腿間飛濺的是期盼。期盼山裡傳來的消息都是錯：阿峇！你怎麼會是山老鼠！伊們亂講。阿峇你的事我最懂。伊們亂講……

南嵐的則是大茫然：峇阿爸不見了嗎。峇阿爸沒有回來嗎。

汪，汪，汪。老菜狗淺吠了三聲，比打屁聲還弱。

噓！去。阿峇揮揮手趕狗。

老菜狗垂頭閃到一旁。被趕得多了，就知道了自己在主人心裡的分量。

阿峇揮了幾下手，把摘下的菠蘿蜜用手一掂，放入簍子之前還捧到鼻尖多嗅幾回。天空開始屯積厚重的雲，驅逐一早上的光。除此一切並無異狀，渴了，也慣常扭開水罐的蓋張口就飲。飲完了也不怕，下午還有南嵐帶進來的咖啡香。可那個上午阿峇等了又等，南嵐仍不見個影。

「死仔，驚死。」

阿峇隨地啐了一口痰，想起之前帶南嵐來過幾次，那傢伙都有點心不在焉，老像在戒備什麼，卻也不敢真正抬頭張望。

伊還怕著以前的雇主吧，阿峇想。

關於南嵐的來歷，阿峇覺得自己能猜中幾成。看他手背、腿上的痕和那身爛衫，該是很遠那一頭的大園主僱著的，只給三餐住宿，其實就是當狗來養，說是賣身的也不為過。再看那傷——打到這樣難怪伊跑，難怪伊跑。

可是阿峇他不理，總在想那小子是老子我撿來的，就得隨我的規矩過日子。

如是逼了幾次，南嵐最遠卻只敢來到這芭地的外圍。再往內一點，能不進就不進。看到從前藏身的矮叢簡直像見鬼。平日南嵐他最多幫著阿峇挑了蔬果山柴就走，心不在焉地不敢多作逗留。

不行，這樣老子將來這塊地怎麼辦？

阿峇經常越想越氣，越氣就越下了決心，一定要拉這小子進芭。我們是土地養的，就是土地拉扯大的，管伊什麼怕不怕，有本事就逃到土裡去。

芭地裡，阿峇的思緒倒是比較清晰的。氣也比較壯。他阿爸其實還在這芭裡的一塊坡上挖了坑，吩咐兒子等自己兩腿一伸，就把自己埋進去。

阿峇累了就靜靜坐在那山頭點菸，悼他老爸，念他忽然消失的母親；亦想想杜細姑從幼幼細細長到水桶粗的腰，想他孤傲卻沒幾件的前塵舊事。

老子有地，日本鬼來的那陣老子都沒躲。搬？搬到哪裡去？

老子不搬！

很口渴了，南嵐那小子還不來。已能聞到雨水的濕氣，抬頭望望，卻又覺得雨還有點遠。像老天故意戲弄，把雨雲那塊棉搾壓幾下，鬆開，再搾壓幾下。

阿峇有點煩，踩熄了菸從山頭上站起。不遠處就有幾個早裝好的陷阱，不知隔了一夜又有什麼收穫。那幾個精心布置的鐵籠藏在這塊芭地最深的那一頭，草和樹都更茂密。

「不砍，就是不要砍！」阿峇面對再多的人也是這樣吼。

砍了哪還能有收穫。要是不留意那排被野蔓雜草攀壓得快傾倒的柵欄，阿峇的地幾乎就沒入整座山，綿延無盡頭。阿峇到底是有點私心的。

他用巴冷刀清出一條路。雜草蔓生，這裡幾乎每天都要開一條新徑。昨天只查看第一個鐵籠，就有了收穫。今天他打算一個籠子一個籠子地檢查。沒什麼收穫，修補修補也好。沒走多久，最遠的那一個就有了動靜。除了自己下腳踩出的雜音，那裡似乎還有串回音。

一直跟著的老菜狗縮了一下頸，被阿岧不客氣地踹了一大腳。

蠢狗，怕死。驚山豬。

可事實並不是山獸。那一頭的影，是除了阿岧自己外，還活生生走動著的人。不是南嵐。南嵐不會從那一頭進芭裡來。阿岧自己其實也沒有從那頭走來過。就著未落雨的微薄陽光，阿岧清楚看見自己的鐵籠已經被翻起，有個人手上捉著裡頭抖動著的獸，正要塞入麻袋裡。

阿岧非常惱。

他大喝著衝去。對頭兩個人被這突如其來的舉動嚇了一跳，捉著獵物的那個手一鬆，困獸順勢嗖一聲逃去無影。另一人胸前卻是橫著槍，著一身綠衣綠褲，見阿岧人不似人鬼不似鬼地衝來，高舉的巴冷刀忽明忽暗，當下就扣了扳機。

只有一小陣硝煙和著的一聲槍響，以及這一頭阿岧倒下的啪嗒。

老菜狗瘸著一條腿老早就逃了，樹林子太密，聲音響時僅驚飛了幾隻鳥。

阿峇中槍倒地前只來得及瞅一眼偷他獵物的人類——是個大光頭，腳下一雙布鞋子灰褲腿，哪裡瞧過似的。那臉孔倒很驚慌，遠不如一旁舉槍者的淡定與從容。

阿峇此生最後一次翻白眼前，總算想起了神龕旁老在掃葉的僧人。什麼四馬路的麵、杜細姑的腰，此時亦全隨著他胸膛的血，翻江倒海地越流越遙遠；且還不如他臉頰現時貼著的土可近可親。

●

關於阿峇人生最後的一刻，鄉民們繪聲繪影。

有說是山老鼠的槍聲到底引來了政府兵，有說是膠工進山時好奇嗅出的血腥。還有說是見著了阿峇的魂前來報訊的。倒是沒人能說清阿峇發生什麼事。

反正一大早，杜細姑就受驚了。

麵攤那早人來人往。杜細姑本不以為意，只是後來親眼看到一輛一輛的軍卡從瀝青四馬路那頭呼嘯著來，開上泥路這頭繼續搖晃著去，心神就不寧起來。起初人們的耳語裡是沒有阿峇的，僅說是山野黑區又爆了游擊戰。杜細姑越想越毛，匆匆喊了阿鳳看檔，也不管呆女弄懂了意思沒，捉了南嵐昨晚留下的咖啡罐子就往阿峇家跑。

跑，跑，跑。——要是阿峇不在家怎辦？我怎辦？

從阿峇家裡出來，杜細姑又馬不停蹄地隨著眾人跑。那時消息已傳開，大家都往阿峇芭地跑。入山的泥徑早被軍車輾出兩行坑，裝著昨夜下的雨。

軍車停在阿峇芭地的矮籬前。南嵐早就越過了杜細姑。他本來是主動跟在後頭的，後來就被更多的好事者推擠著往同一個方向跑。

杜細姑和老菜狗幾乎同時抵達，和其他更早到來的看客一樣被攔在了圍籬外。一看，周遭全是多事的臉、彈跳的眉。八卦的腳車、膠桶與鋤頭撒了一地。她焦躁，卻什麼也不想。

不一會，兩個士兵挑著根竹竿從芭地裡出來，眾人慌忙後退一大步。那竹竿垂掛著一具屍，屍首兩手與兩腳分別被捆綁，像塑料袋上兩個拉長的提耳穿在竹竿上。人臉蓋著一塊布。

杜細姑一看那身形就崩潰，吼著撲上就扯。

老阿㕭一臉泥色，緊閉的眼似從不曾睜合。嘴巴倒張得很開，無需趨近也能感覺那喉洞深不見底。

南嵐直挺挺站立，有人推了他的肘他也沒反應，只有上下兩片唇逐漸發紫。繼而發昏。杜細姑的嚎啕聽起來遙遠又陌生。後頭陸續挑出的幾具雨水泡白的屍，每一具都駕輕就熟地被吊得像中彈的野豬。鄉民繼續向後來者析疑，最多人碎語的版本是：政府兵偵查到了山老鼠的竇，瘋狂打他一輪彈無虛發。這回一共抬出了六具屍骸，聽說隨時會增加。

除了阿㕭，還有一具屍體引起看客的唏噓。那就是常駐神龕的僧人。

想不到啊。

什麼想不到？我一早就講伊不似和尚，點火燒蚊子，拜什麼神都不分，哪裡一點像和尚做的事？

你看你們就是不信……

這樣的私語是很多的，而且越說越大聲。

眾聲喧譁，南嵐卻始終呆立。直到真看到了那光著頭，似倒扣著一口鍋的屍首抬出來。士兵們把屍首整齊放在泥地上點算。大光頭那具，身上的白背心顯然壓了幾個新加的泥腳印，不似胸膛紅色的血跡，曾被雨洗的淺淡。

死了嗎？死了。

看清楚了嗎？清楚。

南嵐有點踉蹌，失重如迎風的葉。

杜細姑搶來的阿呇還在她懷裡被拚命顛著。那牙上有她的咖啡烏染黃的漬，腮上有她細細想過卻不曾碰觸的鬚。兩人多少年來遠遠近近的守望，這下全斷了。

大概想起那沒帶走的咖啡烏鐵罐，杜細姑忽然抬起頭，每一個人都能看到她眼眶裡撐滿的怨憤和不甘。她掙扎著起來衝南嵐吐了一口痰，雙手還如鷹爪飛撲，本來低下去的吼聲忽然又驚天動地。

南嵐渾身一震，她罵什麼也沒聽清，僅似被驚醒了那年未竟的逃亡之魔——那裡陰深險峻。有狼嗥、飢餓；有虎嘯、滅絕。最具體的是身後一群獵犬不斷追咬，伴著園主爪牙們浸過藥物的鞭子在頭上狠揮，那玩意不容兒戲，隨手一唰不止飛去一皮，一啪亦不止剔去層肉；那痛無盔甲可抵，那膚裂無語言可述，那夢魘，那夢魘始終如影隨形、針挑就起。此時杜細姑整個人就拖著那一串夢魘俯衝，龐大暗影迅速罩及。

逃啊。再不逃就來不及了。

於是南嵐，南嵐他只好再次像被火槍包圍的果子狸弓身就跑。

他的背已能感受身後潑來的滾燙沸水。他的鼻已能聞到血噴的黏腥。他顧不得真真假假的痛，再哆嗦也要拚命地逃。並且，一點也不因為眼前成柵的衛民士兵而稍感安慰。

可他運氣非常不好，穿越軍陣時竟慌張扯掉了其中一人手上的槍，還以為那是根平常的杖。

身後驚呼四起。但那在南嵐耳裡實在不算友善，甚至不似人語。

他往林子最深處盲奔。前事活命的僥倖蓋掉了其他脫身法的考量，所有的過去在身後化現，連動能也神奇地回歸——跑啊，那是他僅有的自救本能。

然而就有士兵開了槍。

沒有人在那混亂中仔細去想那槍開得合不合理。抱頭撲地的鄉民後來都看到，南嵐墜倒時左腿爆出一大朵豔怒的血花。

那刻他什麼杖都脫了手，淚流滿面卻顧不上擦，他拚盡全力地爬，左腿火燎的痛倒似擰開了更強大的勁。他爬不動了仍慌張地踢，發現手還能用便極盡可能地扯，扯到什麼都幫著身體往前移，身體卡著了就只好用手指亂挖，挖得荊棘亂飛矮叢都見了根、根又被扒掉了，就看見了更下層的土。

圍上來的腿越來越密。後面跟著的哭喊高高低低。南嵐家鄉話的「劇終」不知怎麼寫，可他那姿勢現在誰看了都知道沒戲。他像苟延殘喘生了重病的土撥鼠，挖出來的洞連頭也沒法塞。一個傢伙趨前輕踢了他的背，他虛脫地睜眼，頭卻抬不起。視線只能穿過眾多的泥腿，於是看到腿的外圍趴著老菜狗。那東西依然畏頭畏腦，和第一次見面時沒有兩樣。

# 刻木

我的老師告訴我，當你筆下的故事，是以「很久很久以前」開始時，懂得的人，自然明白那可貴。

這話我想了許久。從小到大，翻閱的童書與神話故事大都以這樣的字眼揭幕，已經平常得，像牙齒一定長在口腔裡那樣——即使有一天嘴裡的牙都掉光了，你還是會覺得那些塌陷的、光禿禿的牙齦上都長過牙。它們就像一個最老套的配對。所以，那個平常且老套得像長牙的「很久很久以前」，真有那麼臭屁麼？

我的老師不喜歡這個牙齒的比喻。他說：你可以對那字眼表示不屑，可是你的邏輯不能如此彆扭。你可以說它稀鬆平常，但為什麼非得用牙來比喻？你可以用，比如說——平常得，像吃飯要用口、洗澡要用水、大樹要長根一樣。

可是我很喜歡。況且，誰知道沙漠裡的人不是用沙子來洗澡？

老師再淡淡地斥：平常人就是太常聯想到牙齒了。

如果，我們的話題繼續在「為什麼」或「為什麼不」上面兜轉，事情將沒完沒了。老師老了，也沒有這種耐性，與啟蒙的必要。我們只是需要久別重逢後的一些舊話題，以勾起回憶，啟動沉寂了近二十年的情誼。

後來我想，關鍵在於「懂得的人」。——我換了一個角度，找到新話題，便不打算繼續剛剛的抬槓。

老師卻忽然安靜了。笑容倒是還在，只是沒有接話。

午後的風非常悶熱。老師的客廳還是很久很久以前的樣子。僅牆上的掛鐘換了。換成一個長方形的電子鐘，鐘盤圓圓的，裡頭只有時針與分針。沒有醒目移動的秒針，時間看起來就像沒在。鐘盤下方有兩塊負責放出鐘聲的條紋槽，大概想模仿倫敦大笨鐘的洪亮與厚重。

大笨鐘？

腦裡出現的是它尖頭尖腦，安分地坐在河畔的老實形象。哎可我不應該想到這個畫面的，我和老師都沒到過大不列顛國。

老師是砂獨分子。

他自己告訴我的。青春期第一次聽到，我懷疑自己耳背聽錯。老師還是那副淡然的臉，說：你未必能體會這種心情。你從來沒有想過，你不是馬來西亞的子民。

可我不是，我出生時這個國家還沒出生。

用字簡練、語氣淡漠得甚至不加任何嘆詞，卻讓我覺得有點像玩笑。

他說得對，我從來沒有想過。獨立時，他八歲；馬來西亞成立時，他十四歲。比當時聽見那話的我只小一歲。獨立，只是歷史課本裡，或考試時考死人的概念。而且那時根本就不會想起，組成這國家的十三個成員州中，會有哪個不滿中央的統治權。我那時搜腸刮肚所想到的最貼切比喻，就是手掌連著的手指，有一天竟厭倦了自己的位置，想要剝離，或乾脆連接到腳板上去。

「不是厭倦啊。」老師說。厭倦必得有長時間的浸淫，同甘共苦過，才有生厭，或是生愛的條件。——可是，英殖民政府撤走後，我們，不過是從大英帝國的子民，轉為馬來西亞的子民。這個馬來西亞，不知怎麼來的。我還是被統治啊。

我目瞪口呆。

這些文字與記憶，或許與老師當年告訴我的有所出入。但那肯定只是句子排序上的出入。這一刻在老師客廳中想起，自然已懂得家國的意思。

老師在婆羅洲出生。他說他老家本來很多樹，人與屋擠在樹幹間長大，像個大木村。後來怎麼樣在這裡落腳的，他沒說。我只能猜測它另有故事。中間隔了一整座南中國海的廣袤距離，也算漂洋過海了吧。

鎮上的中學很小，只有一個正式的中文先生，就是我的老師。

他住在街尾一棟店屋的樓上。樓下是理髮店，門柱上掛有法國國旗上的紅白藍三色旋轉燈。如果你質疑我為何不斷提醒這些國族寓言似的象徵或符號，那不過是因為，我覺得自己過去錯過了理解它們的機會。我的老師未必有這樣的認知與醒悟。正如他看李月蘭時的眼神，他未必有興趣辨識，那是一種怎麼樣的情感投射。

當然，能較清楚地複述老師看李月蘭的眼神，也是我長大以後的事了。幸好我記憶力不錯。最經典的例子莫過於，九〇年代初鎮上的一場中秋慶典。李月蘭是唱將頭牌。平日她也在勝光露天酒家的小舞台駐唱，唱歌是她的專職。

李月蘭不美。至少在我眼裡，她並不比隔壁班的謝玉芬好看。但是她有一種氣質，像是——滑溜溜的泥鰍，什麼也沾不上身去。謝玉芬好看是好看，卻像全身縫滿衣袋，什麼美好的形容詞都能裝進去的樣子。而衣袋裡叮叮噹噹的字眼太多，反而互相打架，抵消了原來的魅力。

不像李月蘭，別說溢美的話了，你即使拿泥巴丟她，不只汙不了她的身，丟中，她也是不理的。她不會鎮上的客家話。

每個月第二、三個星期，晚上八點，李月蘭準時在勝光露天酒家的小舞台上出現。假髮大概隨心情戴上，共有三頂。一頂鮮黃色埃及妖后型，一頂深褐色大波浪漸次轉弱的，另一頂是齊耳彎著鬢角、遮掉半張臉的蔡琴頭。衣服照例是亮片短衣短裙，或窄頸開衩旗袍，我猜，應是前輩傳下又經過改良的，腰間合身，胸圍便過鬆；肩、頸的位置都對了，臀肉那裡又窄了，於是永遠撐著大腿邊緣的衩口，顯得鱷魚嘴正要吞下一雙人腿似的。奈何那腿也不見得細——這一句倒是坊間女裁縫的點評。

老師其實沒在勝光酒家的歌宴上出現過。他朋友不多，人很低調，也不愛喝酒。我有自信，他見過大場面的次數還不如我。問題是，我有機會看李月蘭唱歌，是因為偶爾到酒家兼職當捧盤，老師則住在勝光酒家斜對角的店屋樓上。兩棟建築中間雖然隔了一條鎮上最寬的馬路，店屋樓上朝街的那口窗開著，總有一點酒家的喧囂傳進去，若不是李月蘭的，也會是別人的〈榕樹下〉或〈何日君再來〉。

李月蘭中秋唱壓軸那晚，幾乎全鎮的人都聚在那裡。倒不是只衝著李月蘭來的，而是中秋的月光晚會本就屬小鎮一年一度的盛事。鎮外一些芭場裡平日只知割膠耕地的，這晚也會出來。還有一個原因：李月蘭遇上對手了，大家想來看好戲。

勝光酒家把音量調得比往常高，並到鄰鎮去借了現場演奏的樂手，順道請來都城舞廳女歌星黃咪咪。李月蘭與黃咪咪，酒客說，棋逢敵手。

舞台已非平常開店駐唱的那一個。那一個彩色地板真是太花了，除了本來的紋樣，李月蘭的鞋跟也是把地板刮花的凶器之一。上下舞台處，木製樓梯的邊沿還磨出了毛，經年累月踩踏在同一個地方，不用天殘腳也足以讓它凹陷。那晚因為慶典，駐唱的舞台搬到了借來的朱毛山羅里①上。

朱毛山的羅里平日用來載煤氣桶，平台上鋪了防煤氣桶撞擊磨損的鐵板，很實

---

① Lori，馬來語「卡車」之意。

淨。

「實淨」這種字眼，老師若看到我用，肯定有幾分生氣。像我作文裡用過「起碼」，他也曾捲起簿子作狀要打。他說，這是大剌剌的方言啊。我聽他說的「大剌剌」三字，直感到有點「大逆不道」的意思。有一回我學他在作文裡用那三個字，簿子發回來卻被打了兩個大紅叉，因為寫成了大「剌剌」。

我偏愛寫的「羅里」，老師也要改的。學華語就要學最規範的，老師經常這樣說。他自己卻老改不了根深柢固的福州音，把班上的陳漢川叫「陳沆窗」。至於是否把「上船」誤發成「上床」，在我的印象裡，這倒是沒有。或許早有人提醒，曉得去避忌。

但是老師絕不曾把李月蘭念成李月狼。那是因為，他根本沒在我們面前提過那名字。

李月蘭上台下台、開嗓閉嗓，平日我也只是猜測，歌聲多少會漏一些進老師對街的屋裡去。也不見他行近露台關掉窗。直到中秋這晚，我總算肯定，老師也和鎮上的中年人一樣，多少關注著李月蘭。

黃咪咪是過江龍，先上了朱毛山的羅里台開唱。羅里停在勝光酒家的大門口，鎮上最寬的那條大路旁。黃咪咪又喊又跳，一口氣從要求一個吻到呼喚熱情的沙漠，沙漠燙完手隨即扯掉頸上的彩毛，跟著節奏抖半天，最後搭上了愛拚才會贏。都是全民歌曲了，所以那氣勢比之前的晚會主席致詞更風光。

台下有桌席的，隨之起鬨或喝酒大嚼，桌底照例竄著幾條菜狗，等著分食菜渣廚餘。路邊圍站著的多是主婦與小孩。女孩們踩著拖鞋運動短褲，三兩個、五六位一組，占著其餘空間，倒不會別有居心地仔細打扮一番。也有坐在摩托上的阿明阿盛們囂囂張張，刻意在馬路上兜轉，靠近這會場便故意扭大油門發出轟轟巨響，或莫名其妙地撂下一兩句「你阿咩雞掰」再絕塵而去。

參加燈籠比賽的燈籠一個個卯足全力，在吊索上奮力發光。燈謎格調太高，每年都只是陪襯的命，辜負出題老師的心血。最後變成，好像變成，純粹只為了展示老師書法的布景而已。

頒過各組燈籠比賽的獎品後，李月蘭該上場了。本來李月蘭是本地人，雖不是在勝光酒家天天駐唱，但一個月也唱那麼十來天，歌喉臉孔身段，熟客自然更看慣

——應是沒有什麼爆點，沒什麼號召力的了。可事實並不。那年中秋落在月底，本不是李月蘭在勝光駐唱的時間，她偶爾也四處去，和黃咪咪那種吃過夜粥的狠角色相比，她單純一點的原因就在於：她只能唱唱露天小餐館或是歡樂大賣場。夜店嫌她不夠辣吧。不料這卻成了她每年都受邀鎮場的原因。慶典的籌委會主席認為，李月蘭的表演能闔家共賞。

當黃咪咪的毛毛腔及毛毛腿因節日氛圍、場地條件而被勸告適可而止時，她的魅力就大減了，像一隻翅膀都上了萬能膠的紅毛雞。反而是李月蘭平平穩穩的表現占了上風。至少她讓人放心。男人看李月蘭本就不只聽歌一回事；女人看李月蘭，因為她也沒什麼過度張揚的肢體語言，就卸下了警惕與刻薄。

這就是李月蘭的本事。所以，儘管臉孔不新，李月蘭還是被請了回來。

那也是我記得較清楚的一幕戲：李月蘭上台，穿著看過的彩衫，那晚卻沒戴假髮，只將短髮全往後梳，緊緊地扭在後腦成了個髻。像往常每一次走唱，在後台聽到聲「有請李月蘭」，就自行步上朱毛山的花羅里。這舞台比平時的要高，更容易讓後面的群眾看見。首本名曲那首〈海角天涯〉剛想開口唱，就有個大鬍子搖晃著肥臀跟上了台，接著搶了她手上的麥克風。

霓虹燈光閃閃地紅，又光閃閃地綠。歌曲前奏正澎湃地響。大家還回不過神來，大鬍子又顛著肚腩直嚷：「黃咪咪！黃咪咪！」他要黃咪咪接著唱。

李月蘭可能脾氣倔，也可能反應慢，眼看是肯定嚇著的，卻不肯交出手上的麥克風。眾人原是看熱鬧，開始有點起鬨的笑聲，大鬍子倒是壯了膽越扯越烈，竟還伸手去掌李月蘭的嘴。

叭一聲大響，通過音響播出馬路。「威堆！威堆！」②的無意義象聲詞從摩托阿明阿盛們的口中爆出。慶典的籌委會主席才走上台去理。

陸續也有人上台勸服，大鬍子就是不肯罷休。黃咪咪在台下，剛與酒客們拚過酒，一時也尋不了縫上朱毛山羅里插一手。羅里舞台太窄小。早前商量誰唱壓軸，更像每年必爭的新春紅包場，誰知道她心裡沒有在嘀咕：真衰，怎麼又對上了李月蘭。

---

②馬來西亞本土的狀聲詞，表示拉風或厲害。

大鬍子的動作越來越大，不只主席，連祕書也上去了，軟勸硬扯地想要阻止這場鬧劇。大鬍子忽然起腳一踢，李月蘭不偏不倚地應腿而倒。就那樣，整個人在台上跌了個四腳朝天。

後來我在作文簿裡記李月蘭跌倒時的慢動作，並逐格解成分鏡頭，比如——她先是抬高左手，再甩開另一隻手，頸椎忽然斷掉似地向上昂，嘴角又……，腰肢又……，旗袍裙襬的鱷魚口裂得像……。

因為她實在跌得很慢，跌得很久很久，像特意等著全鎮人的嘴裡都發過了「哇」一聲，才著了地。沒人料過會有這樣的局面吧。就像港產片裡的慢鏡頭，露臉時都是出人意表的，時間都是拖長放緩了來演。

老師不等簿子順序發完，第一份就抽出我的，在課堂上訓：浮誇！不可取。

那刻，我就知道，老師原來也注視著李月蘭。

他的眼神躲在窗後，什麼也不像——因為我無從想像。

老師在我連串慢動作的描寫上，畫了一個大問號。本來畫問號是小事，尤其畫在我作文簿上，我都習慣了。但老師還用紅筆在這行字上來來回回地刪：李月蘭的內褲在霓虹燈下見了天，看起來是粉紅色的，還滾了蕾絲邊。

相比於上一段刻意賣弄文字的慢鏡頭，李月蘭的內褲曝了光，是現場確實發生了的事。因為朱毛山的羅里台很高，大家都看得到。

下課後我舉著簿子向著正午的太陽，見那紅色的筆跡幾乎劃破了紙，透出一條蜘蛛絲似的光。一、二、三、……直算到七張紙，整整十四頁。老師的筆力穿透了七張紙！我故作驚訝地向鄰座的張福興炫耀。張福興配合地嘖嘖稱奇：「哇咾。」

張福興的「哇咾」有兩層深意。第一，自然是讚歎老師筆力內功之深厚；第二，是因為我斗膽寫了李月蘭，還寫了這樣狼狽的李月蘭。張福興重看一次，怪叫了一聲，半晌，又啐了一句粗口。和鎮上大部分的雄性一樣，張福興對李月蘭有某種微妙的憧憬。我常懷疑這是遺傳。這源於他們的父輩對李月蘭的愛慕，甚至是，對李月蘭那從沒出現過的母親的愛慕，隨著精蟲，傳到張福興們身上去。

我沒有。因為我沒有父親。

可我心裡是真意外的，對於老師的反應，還因為老師過後足足冷落了我一個月。不再讓我在班上朗讀自己的作文，甚至不再對視。我原本以為，老師也和我一樣。一樣明白李月蘭是——滑溜溜的泥鰍，什麼也沾不上身去。

李月蘭的母親是菲律賓人。勝光露天酒家的老闆這樣說，儘管誰也沒見過。菲律賓在哪裡，現在小學生也不會陌生。可是，在我少年的那個時代，沒有kakak③，沒有瑪麗亞，菲律賓就只長在地理課本裡。它由七千多個島嶼組成，最大的島叫呂宋，這我倒印象深刻。因為老師在班上說過《水滸傳》，裡頭有位宋江；我則在連環圖裡看過呂布戲貂蟬。所以，我一直感覺菲律賓，至少呂宋，多少像華埠。

李月蘭的皮膚比本地人要黑，手長，腳也長。看她把右手輕輕倒勾著麥克風架，似嗔似嗲地唱：我沒忘記你你忘記我，連名字你都說錯，就覺得她有點像森林裡的長臂猿。尤其是，麥克風架上垂下的修長手指、手背，與偶爾搖擺時忽然頂高的肘。

有一次我把這長臂猿的想像告訴了謝玉芬。這個我們全校最好看的校花聽了，竟然轉顏發怒，直斥我生物知識零雞蛋。為了血恥，也為了滿足好奇，我老老實實做了點功課，到圖書館裡翻查長臂猿的資料史。

讀到一段，我終於大笑：黑猩猩、大猩猩、長臂猿和猩猩都是地球上最聰明的動物。牠們的腦容量大，手臂、手指、腳趾都很長，身上長滿了毛（啊哈哈，長滿了毛的李月蘭？），在東南亞婆羅洲和蘇門答臘的樹林裡可以發現牠們的蹤跡。

還有一段專屬長臂猿的：長臂猿的臂和手很長（廢話嘛），即使直立，手指關節也可以碰到地面。長臂猿以家庭為生活單位，包括一隻雄的，一隻雌的，和二到四隻小的長臂猿。

難怪謝玉芬要發怒。青春期謝玉芬們的敏感，有時真讓人困擾。她不會以為我在占誰便宜吧。儘管我實在懷疑，她知不知道「長臂猿以家庭為生活單位」這個知識。如果我告訴她，我們老師的手也很長，很像長臂猿，她的反應不知會不會一

---

③馬來語「姊姊」之意，為一般人對外傭的稱呼，多指印尼女傭。

樣，一樣嗔怒。

李月蘭的家庭很簡單。就只有她，以及父親李伍仔。通常我們不會直呼李伍仔，而是口耳相傳地叫他：大蚶。客家話裡的大蚶，有大炮仙的意思。大蚶到底車過什麼大炮、騙過什麼人，因為事情發生在很久很久以前，所以鎮上沒有什麼版本流傳下來。我只能又猜，既然是沒有，那比較可能是無關痛癢的小耍賴，或純粹只是不善言詞，反換來別人的誤解。以我的觀察，極有可能是後者。

我推算，李月蘭比我年長十年。坊間曾說，李月蘭九歲才隨著大蚶回到這裡。大蚶看來至少比李月蘭老四十年。李月蘭成為勝光酒家駐唱頭牌那幾年，也就是我與老師關係最密切的那幾年。大蚶瘸著一條腿，走起路來右腳板先向外甩，再順勢移回來。乍看之下，真有點像收割稻穀的鐮刀。有一回教師節，張福興們上台演話劇，故事裡有個落魄的酒鬼，為了增加點藝術效果，演酒鬼的同學就學上了大蚶甩腳板的戲。劇本是我寫的，可是我發誓，甩腳板那種演繹方式並非我的手筆。大概，大概老師在我作文簿裡畫過的紅線，那幾乎鑿穿七張白紙的功力，還深深地刻在我心裡。

但是，教師節過後，不知怎麼的，老師忽然就在我面前提起李月蘭。哦不，老師其實只用了「大蚶女兒」四個字。所以我還是沒辦法確認，老師會不會口出福州音，把李月蘭喚成李月狼。

「大蚶女兒長得像菲律賓人。」老師說。

但是伊阿爸大蚶不是菲律賓人啦。負責請老師寫燈謎的籌委會祕書這樣提醒。

「她媽媽是。」

真是石破天驚的一句話。比我第一次從勝光老闆口中聽到的更讓我吃驚。這表示，我老師知道些事。而我一直以為，他和我一樣，或換個角度而言就是——與其他人都不一樣。

那又是一個悶熱無雨的下午，在學校的圖書館裡，老師與我整理著塵封的《二十五史》。它們並排擺放在圖書館最後方的玻璃櫥內，恐怕有十幾年了。因為平日上了鎖，幾乎無人借閱。占滿整整一櫥櫃的《二十五史》是誰買入的，為何會出現在一所國民中學的圖書館，因時間太久，檔案中也沒了紀錄。只能確定，早在老師被派到這裡教書時，它們就坐在那裡了。我們把書搬到露天的排球場上曬。它們一本一本攤著肚，蟲孔也曝了光。

負責請老師寫燈謎的籌委會祕書進來，新一年的中秋慶典近在眉睫。我進進出出地搬著書，老師停下手與祕書說話。剛搬到《宋史》，就聽到關於李月蘭的那段對答。

如果我是小說家，我必把這段對答補全，好讓故事可以更連貫，邏輯更清晰。然而就在「她媽媽是」之後，兩人的話題就轉為：「那麼，這次的題目就不要太難、再減十題」以及半晌後的「好吧」了。

沒有前因，也不知道後果。

但馬上，對話就變得多餘。

隔壁班的冉禮士進來，越過了我，直接喚：Cikgu，cikgu④。

老師回頭。Cikgu，ada orang cari⑤。祕書看了看，隨著老師一起走。我也看到了，等在圖書館外的，攤開的《二十五史》旁邊，是穿了一身平常衣裝的李月蘭。風呼呼的響，史頁迎著風亂翻。翻不了幾頁，又被書皮的沉重釘死在地。

李月蘭的中文語法不規範，但咬字很清楚——都是歌詞裡學的。奇怪的是，幾乎無人聽過大蚶兩父女的對話。李月蘭走唱時，大蚶的散工已不做了，換李月蘭養他。大蚶喝酒，不鬧事時大家也由著他。因為李月蘭會埋單。我看她駐唱時酒客獻的頸上花環，一個二十塊二十塊地算，一晚上下來，還不知夠不夠付大蚶的酒錢。但是李月蘭在勝光時，大蚶就不會出現。大蚶賭魚蝦蟹做莊，賭大了，沒錢賠，賭客上門討債，李月蘭也靜靜地給。我上學放學，經過她家看她工餘時曬衣收衣，臉上就是那種平平淡淡的表情。恍如妝容褪盡，五官一一歸位，卻什麼也沒在想，沒有一點表演欲。

但是她來找老師。她來找我老師。

我極想跟出去探聽他們的對話。於是借著壓書之便走到了三人身邊。冉禮士猛朝我使眼色。我知道他心思。他用客家唇語問我：做蓋？

我狠狠回瞪：多事。他不敢跟上來，儘管他也有那種父輩的，精子的遺傳。

---

④ 馬來語「老師」之意。

⑤ 馬來語，意為「老師，有人找你」。

他鬼頭鬼腦的樣子讓人很不舒服，像牙縫裡頂了根魚刺。我用眼光當舌頭把它剔掉了。

李月蘭的聲音很低，一點也不像平日唱〈海角天涯〉的樣子。當然，搞不好人家賴冰霞不唱歌的聲音也一樣低沉。可李月蘭的聲音低得，基本上，低得我根本聽不清。只看到老師趨近的眉頭微蹙，垂在兩腿邊的手無意識地橫擦著西褲上的車邊。

「先去警局看。」——這是我後來猜測老師那時說的唯一一句話。因為火雞叫聲似的福州方言，我只能聽懂三成。我想跟去看。但是老師轉頭，用中文叫我四點前把書收好，再鎖入櫥中。他和李月蘭、籌委會祕書急匆匆走了。

陽光多事，火上加油地蹭熱。我汗流浹背，百般無聊地注視著曝曬的書，恨不得那些無人看過的字一個個被蒸得起舞。不到四點，就把書收妥脫身。

自然是溜去了鎮上的警局。

但我不敢進去，只騎了腳踏車繞著警局轉一圈。看那藍白色建築方方正正無趣地矗立，屋脊與窗花仍有殖民時代的遺風。牢房應是後部高高圍起的一小棟，牆上架著倒刺，門口落著鐵閘。車房兩架深藍色舊式小卡車仍在，本來就極少出動。除此之外，沒見到還有誰進出。

後事自然有了說法。應是祕書漏出的口風——大蚶與人打架，鬧上警局，李月蘭急著找人擔保，贖出父親。老師的出現很自然，他懂馬來文，能與局裡溝通。

故事真精簡。

還有更精簡而不顧邏輯的。那日半夜，或許下午被曬昏了頭，我作了一個夢。夢中自己騎著腳踏車，艱難地在盤根錯節的泥地上兜圈。頭上不時落下比臉還大的枯葉，耳邊老響著啄木鳥的「篤、篤、篤」。響久，又像百般挑逗似的「脫、脫、脫」。好不容易騎至一處空地，卻看見老師在那空地中央撐開手腳，躺成了一個「大」字。

更嚇人的是，在那仰天而躺的大字底，那兩條斜張的大腿之間，一根下體穿破了褲襠，正不斷變長變長，並順著地面緩慢延伸，最終成了一個不成比例的「木」。甚至還能聽到它滑過一地碎葉枯枝的沙沙聲。

我在木字中醒來，怔怔地，覺得有什麼還沒開始，便已疲憊不堪。

許多年後的一個下午，午睡醒來，我想起了我的老師。自從中學畢業離開小鎮以後，我就沒見過他。單純地，因為畢業。僅有的幾次歸鄉，也行色匆匆得忘了拜訪。等到母親亦不在了，就更沒有回去的理由。可是那個下午，我忽然極想見老師一面。

那一天距離老師和我說他是砂獨分子的往事，約有二十年了。這二十年，我無從揣摩老師的日子是怎麼過的。我不知道他是否仍單身，甚至，是否還健在。唯一確定的是，他應該退休了。我忽然想問他許多問題。比如，如果你不結婚，也不要小孩，生命將何以為續？

我們，儘管沒有父親，可是我們身上，延續了他們的種子，他們給了我們那麼健全的身體。我們還有幸接受完整的教育，看著路上來來往往的車子與人、房子與樹一天一天長大，且必須要老去，我前所未有地，極度缺乏自信地，思索起了「家族血脈是否就此在我身上終結」這樣的問題。

當我想到我們身上，還刻印似的，蓋著他們的性徵與長相，我好像真感到了手腳的麻痺，且瞬間無法動彈似一棵爛根掉葉的樹，每根每葉正響著「脫、脫、脫」。

啄木鳥也要鬧耳鳴。

我翻閱報章，新聞裡說，古晉的治安越來越壞。夜晚，警方必須動用裝甲車在路上巡邏。這也讓我想起，老師告訴我的萬福巷故事。中五某節華文課，他捏著粉筆在黑板上畫過那巷子的平面圖，點出了拉讓江的位置。

那天放學以後，我隨老師回他店屋上的家，就是那次，他讓我反思——「你從來沒有想過，你不是馬來西亞的子民。」

他告訴我婆羅洲的位置，用的句子是：那座大島的西北面是砂拉越，北面小小的部分是汶萊，東北是沙巴。這三邦，總面積是婆羅洲的四分之一，其他的四分之三在南部，變成獨立的印尼共和國的一個省。往後不同的日子裡，老師陸陸續續地說過那些大山的故事；說過婆羅洲最長的一條河，共蜿蜒了一千多公里；說過他兒時坐原住民的小舟往內陸走，越往內，那些長屋的結構就越漸繁複。國界，而國界這種東西，早被熱帶雨林的濃密瞞混過去。唯獨沒說，他怎麼輾轉之下來到了隔著南中國海的，我的故鄉；也沒說，他為何從不回去。

多少年過去了，我依然記得老師的表情。倘若他顯得陶醉而深情款款，像詩歌朗誦比賽時那些整齊劃一上舉的手，或是過於扭曲、圓張的嘴型，那麼我的印象必不會如此深刻。

正因為老師的語氣過於平常，與內容的重量相抵，衝擊著我淺薄但已成型的常識，才讓我一直耿耿於懷。

後來老師甚至問我：如果砂拉越獨立，你心裡，會有國土被切割的憤怒嗎？

那句問話突如其來，始終木無表情，就接在他說，「以土地資源來看，砂拉越完全可以自給自足」之後。那時，我過於年輕，年輕得缺乏家國的想像；卻又過於世故，世故得自動把那問題歸納為……庸人自擾。

我沒有答腔，自然也沒有想出什麼譬喻。就像我無法理解，曬《二十五史》的那個下午，李月蘭與老師的關係。

菲律賓。老師說過，婆羅洲東北面的沙巴，歷史上與菲律賓關係很深。這幾乎是我唯一能推理出來的，讓老師對李月蘭另眼相看的理由。但是這麼薄弱的聯繫，真的可能嗎？難道要我說服自己，一切源於，某種對地域的憧憬？

當全鎮的子民，包括婦孺，聚在朱毛山的羅里舞台前為李月蘭喝采；當勝光露天酒家的酒客們三三兩兩地掏錢，在李月蘭的頸上掛花環，我的老師從來沒在這些場合上出現。

於是，我回到了小鎮。橫過曾經是鎮上最寬的大馬路，找到了老師的家。

一切都是試探性的。我不知道老師是否安在，是否沒有搬離。也沒自信，是否一定能找到什麼答案。然而我確實回去了，並意外地，見到了李月蘭。

李月蘭在老師家裡，給我泡了一杯美祿。而我的年紀與經歷，已能讓我從容掩飾當年無力假裝的目瞪口呆。

我禮貌地，稍稍欠了欠身，叫了聲：「師母。」

她笑笑，這是我第一次見她笑，笑完便走下了樓。樓下原來的理髮店關門了，三色旋轉燈早已不知所終。店屋後部成了老師家的廚房。

午後的風仍然悶熱。牆上的長方形掛鐘果然發出了倫敦大笨鐘似的鐘聲，因為有點老，音質澀重。

我椅子下的地板微微發震。因為底下正倒掛著一樓的電風扇。地板縫隙間隱約看到，有灰色的扇葉慢條斯理地轉。

我和老師繼續聊天，告訴他我偶爾寫點小說賺些稿費，但有點擔心老師向我討一些作品閱讀。

我說：也許，關鍵在於，懂得的人。

大概真因為我換了一個角度，不再抬牙不牙齒的槓，老師沒有為那句「當你筆下的故事，是以『很久很久以前』開始時，懂得的人，自然明白那可貴」而繼續解釋。

老師笑容還在，卻忽然長長地呼了一口氣。長得……足以令我猛然醒悟部分問題的答案。

比如：我很久很久以前，就在這土地上長大了。我很久很久以前，就是婆羅洲的子民。我很久很久以前，就接受這樣的教育了。我們很久很久以前，就看上眼了。你只是……不懂得。

大笨鐘的鐘聲敲完時，我就正好想到這裡。

至於——如果你不結婚，也不要小孩，生命將何以為續？想著已發胖的李月蘭，不，師母，她剛才下樓時步伐溫柔而安分的背影，這好像，已經不是老師所能回答我的問題。

# 顛簸

我和阿穆一樣，覺得現在大家都應該重新定義虛擬與實境。至少，再也不能說網路是虛，網外一定就是實。有時我甚至想，胖子阿穆之所以如此依賴網路，多半是因為他在網上化名，成為另一個新生的、自己賜予自己生命的人，而不是神。

阿穆不是神，可依舊說要有光就有了光，說在水面行走多少步就行走多少步。阿穆在網上的個性好不好我不知道，但我知道他喜歡那樣的自己，完成有掌控能力的，表演日常裡未必會的技能，或是日常裡無法發揮的本事。

最簡單的，是疊床架屋。阿穆的理想是不是建築師，未來得及考。但阿穆在網界裡經營的咖啡屋辦得有聲有色是真的——像個真正的老闆，仔細盤算每日可賺盈利，又上網觀察其他玩家的經驗分享、遊戲攻略，一樣菜一樣菜地逐日拼湊，食材進進出出，終於有一天阿穆中了槍似地雙手一推一放，雙腳使勁一攤，背脊抵著椅卻嗝了一聲莫大的滿足。那神氣約莫是達文西給最後的晚餐填上最後的一筆，或是圖坦卡蒙還未死掉前就看到了自己完美的金字塔正在封頂。阿穆的咖啡屋終於來到遊戲的終點，他再也沒有哪一道指定的菜式不會做，再也沒什麼雄關好破了。

那刻他的額頭亮得能抽油，他在油光中意味深長地瞥了我一眼，彷彿此生再也沒有什麼事值得去追求。

可我知道那只是假象。那是真實的假象。阿穆這樣的人命苦，他的投入不會就此而結束。那螢幕上的光每一束都褪了色，卻只是化成了更有心機的螢光，平常暗淡隱晦，可一旦遭受對味的光源撩撥照射，阿穆渾身的電子便又彈跳著迎合，整個人遂毫不客氣地萬丈光芒起來。

阿穆說，那是他第一次聽到父親用那樣的語氣說話，有點懇求卻又小心翼翼假裝若無其事似的，怕沒了父的尊嚴，又不肯屈服於請教的弱勢。

「還沒人被控啦……」但是後來阿穆有點不耐煩，終於這樣吼了回去。

父親一星期要來電問三次。每一次都先聊東聊西，卻不出五句就直入打探：抓不到嗎？

教養沒讓阿穆的父親在那事件上飆髒話。私底下有沒暗幹幾聲我不知道。阿穆說，小時候的父親很沉默，彷彿在他所能調用的語言譜系裡，舉凡憤怒都只能與沉默相關，表現為立刻閉嘴，或是斜目冷對而無有文字。那時代又不興長袖，擺不了揮袖而去的款。

印象裡最沉默的時候，阿穆那當了一輩子公務員的父親，一生氣起來至少可以三個月不說話。不只是對與他爭執的人，還包括所有在他身邊出現的生物。問他飯否不睬，電話不接，養了十年的老狗不逗了，每個傍晚帶出去鬥的喜鵲不帶，人也不出（喜鵲某個半夜就幽幽死掉了），一副全世界必須陪著不吭聲的彆扭寂靜。阿穆第一次那樣告訴我們的時候神情很憤慨，沒人好意思火上添油，笑那豈不像個大姑娘一樣。阿穆發起脾氣來雖然不像他父親的哀幽，但大家都不敢胡亂判斷阿穆發的火與他父親生的氣，哪個比較好應付。

阿穆常說他就是在那樣彆扭的家庭長大的小孩，除了塞東西，家人的嘴巴不知裂在臉上來幹嘛。有一次他半夜起床尿尿，回去再睡時就著窗外微弱街燈看到兩個哥哥不約而同張合著口，明明是在講話的翕動雙唇，聽半天卻一句聲音也沒有發出。

「媽的，還兩個同時那樣咧，像電視機壞掉有沒有！」

每一天他們一家七口準有一個人悶著生氣。生氣的原因五花八門，表達生氣的方式卻很相近，都有父親的基因。就阿穆覺得自己帶的是不一樣的種（可能母親那裡的成分多一些——他相信他媽有一次這樣下的結論）。阿穆喜歡講話，什麼都說要溝通，嗓門又很大，沒兩句就讓人以為他與人吵架。

吼了那句「還沒人被控啦」之後，父親大概咦哦幾聲就放下了話筒。阿穆低頭，按掉手機卻握了手機好一陣子。

四月底全民圍城的那一天，誰也沒料到阿穆的父親剛好在暴動現場。阿穆甚至不知道他父親前一晚就坐了長途巴士進城，還憑記憶在城裡找了家年輕時住過的旅館留宿。不是為了探訪誰，而是隔日打算到公積金局修改受益人名字。

阿穆後來嘴硬，說我知道啊，我知道母親走了後他要改名字，我本來就打算上網查。

上網查，上網查，蓋了電話到底忘了那回事。結果父親決定自己處理了。

去年那則國民可透過政府電郵查詢個人稅務、繳交罰款、直接與政府部門交涉的新聞是阿穆寫的。電郵系統由特定公司統一開發，說是做足保安措施，積極邁向所有瑣碎日常都將一指相通靠光纖行事的先進國宏願。但是除了基本服務，其他則可斟酌徵收些許服務費。

譬如說，每收發一封加密郵件你得繳付五十仙，每增加十G容量得付六塊錢。怕個人資料外洩，你還可以繳費額外的保安費。——這不就像你們住的公寓麼，為了更好的生活環境，只需付一點管理費，而且，公眾可以上網更新駕照、更改公積金受益人姓名、申請貸款、護照……

那新聞阿穆邊寫，邊憤怒得猛打錯字。猛打錯字就得猛按Backspace，嘀嘀嘀嘀……篤篤篤篤篤……篤篤，恨不得多按幾下就能刪除那提議。

「科技歧視！」阿穆憤怒的理由比別人多了這一條，「不會上網的人就不配當公民嗎！」

每說到這一件事阿穆就咬牙切齒。看起來像青春期過長而無法管好肢體。

我見過阿穆的父親。他帶我去過他家。你若說那是阿穆可視的未來，我也深信不疑。阿穆整張臉就是照版移植，連身形也不因年紀差異而有太大的不同，真不知該說阿穆父親硬朗，還是阿穆沒好好保養。要是看牆上兩條直立微胖的影，則會以為那根本是同一個人背後射著兩盞光線交錯的燈。當然皮膚彈性一定有差，且阿穆臉上還沒有長出老人斑，但肉體外形上的雷同或許放大了兩人在其他方面的差異。例如，阿穆不會猶豫電腦上一個按鍵的位置，他父親卻連手機短訊也不知怎麼發。

說到父親的電腦知識零蛋，阿穆隨時都可以大喊不可思議，「又不是什麼不認識字的文盲，好歹也幹過大半輩子的公務員，叫他按一個Enter摸索老半天，頁面不見了不敢說，電源開關簡直像毒刺……」

阿穆反覆絮叨的家事，只要在辦公室裡待過半年，聽過的就不止一遍。最常說的是馬票網頁那一段，似乎只要哪個傢伙不識趣地提到網路之萬能，阿穆就要把他父親的經歷調出來重新講一遍。

但父親上網查馬票成績那一段，阿穆每一次重述都讓我們覺得其實是他自己心裡有鬼，每說一次其實，都在暗中冀望那鬼自動消解掉幾分。

真的，你們誰也不會想到網路在我父親腦子裡是怎麼樣的存在。

我們已忘記那麼多年來被網路訓練成特定的思維與技能，裡頭有太多約定俗成、一眼洞穿且絕不會想要挑戰的遊戲規則。因為去挑戰它們意味著放棄直接享用的方便甚至與全世界都過不去，最後若非原地踏步，便是忘了自己本來要做該做的事。

「那是連『後退』都叫有收穫的困境啊，後退至少你還移動了位置。像交通燈從來都是綠色放行、紅色暫停那樣的生活基本守則，你一旦要去創造自己鍾意的交通燈顏色訊號，要麼找座島當自己的國王，要麼就乾脆在夢裡亂調色就好。」阿穆的憤慨聽來也有幾分道理。

然而有一天阿穆回鄉無意中發現，父親床頭塞著三大本從前工作留下的筆記簿，裡頭每一頁整整齊齊貼著從報紙剪下來的彩票開獎號碼，每一排號碼旁邊則仔細用紅筆打著一個勾。漿糊大概還是幾角錢一條，擠牙膏式地擠壓塗抹的那種，常有硬粒哽紙，味道特別重。

阿穆好奇翻了一翻厚度發脹數倍的筆記簿。每一張剪下來的報紙紙沿平滑，是仔細依線裁下的邊，黏貼位置也正好在每頁簿子中央，很可能還用尺度量過方位以表慎重。阿穆知道父親向來愛投注，也知道父親有蒐集舊的開彩成績的習慣。然而這是幹什麼？——從當月最新剪下並且已有紅勾的那一頁算起，紅勾一直打到四年零三個月前的那一期。每一個紅勾都那麼工整而慎重，單看筆畫長短粗細分毫不差，就知道那樣的點算（姑且先把它們都當作點算吧）花了多少的心血。

當晚阿穆就偷偷扮起私家偵探來。阿穆是那種，指甲損了一角要麼立刻咬掉，要麼立刻找到指甲刀把缺口磨順的人。

偵查對象：父親。

偵查任務：報紙馬票成績紅勾之正解。

行動時間：洗澡時。

Search.

那日飯後，父親一如往常見阿穆離開電腦準備洗澡，便問他點開彩票成績網站讓他對馬票。自從某個百無聊賴的夜晚阿穆心血來潮教會父親在網上核對萬字之後，每逢開獎日，阿穆父親就會打開電腦上一上網。那是他唯一願意利用電腦完成的事了。儘管還是搞不清按鍵位置，但滑鼠萬能，阿穆貼心，老早把網址拉成了捷徑圖標鎖在電腦桌面上。

當晚便那樣，阿穆取了換洗衣物沒踏入浴室，反而靠著浴室拉門裝成一隻魚狗，傍水瞇眼，努力縫裡覓食。父親背脊那面魚鰭鬆垮皺立，是舊衣服常洗而寬了一倍，曬的時候衣夾子夾出來的摺痕未退。

阿穆父親先是回了房，拎來厚厚筆記本在電腦前坐定。隨後拉開抽屜取出紅筆，架好老花眼鏡弓背伸頸，就著螢幕上的最新開彩成績一條一條比對起來。

比對什麼？比對開彩萬字啊。

不是舉著萬能票根，而是剪下來的報紙上，早就印好列明的號碼，每比對一條就低頭，在紙頁上打一個短短的紅勾。為免眼快跳行，另一隻手還捏著筆蓋的長柄抵著螢幕上的數字，逐粒檢查。

魚狗好奇躡近，見他對完了當期，又循著兒子曾經教他的那樣打開頁面左上的存目，搜索四年零四個月前還未看完的那一期繼續勞動，韓信上身般地認真點記。

數字、紅勾逐行直下，父親右手的肘一直後退，頂到了阿穆。

我才沒有喊！阿穆後來這麼樣否認。可我覺得，他在父親背後情不自禁、忽然現身時臉上的不可思議，一定比大喝更嚇人。於是韓信手中的點兵筆才像他形容般的，變成一根電擊棒，應聲落地。

可很快，父親就撿起了筆。還給了他一個白眼。

日光燈大白。平日還不覺得天花板垂下來的吊扇位置有什麼不妥呢，那刻赫然發現燈光被扇葉攪拌成輪，讓人發昏。阿穆眨眨眼，到底跟不上扇葉轉影的速度，視線黑黑亮亮間只覺眼球發脹。他說，那個時候，那個時候，他看到紙頁上的每一道紅勾都變成冰庫裡取出的冷凍紅蟲，被丟入魚缸餵羅漢時瞬間溫解而活絡、散開，成百上千條重新抖動著萬壽無疆。

去他的韓信！阿穆有一回在睡前說。

他在校對！他想看看網上的東西可靠不可靠！

阿穆隱掉了忽然出現在父親身後時兩人的對話，直接撂下這結論。

阿穆的見解是，不曾有過網路經驗的父親唯一能仰賴的事實從來就是紙本的事實。對網路馬票成績半信半疑，且根本不知這世上另有一套龐雜而又獨特的操作秩序，讓他以為自己正在做著一件意義非常的事。或是，他在用自己一輩子習得的人生經驗去審查這項新科技，想著只要逮到了你的小錯誤就能證實你的非萬能，或就能破除你體面的權威，卻搞不清白紙黑字的印刷與螢幕上一個按鍵即出現，又一個按鍵便消失的紀錄之先後排序，更不理解兩種不同的媒介其實可能有著同樣的源頭。

阿穆的父親熱情地參與，以為發現了一條聯繫虛境與實體的途徑，卻一點也沒料到那樣的舉動反而讓他只能更顯隔閡地，辛酸地，站在日常之外。

所以，我們從來就不知道啊……

每到這裡，阿穆總越說越慢，越說越慢，慢得聽者以為後續還有什麼精采的轉折，卻往往讓人撲了空。

「我們從來就不知道，網路對某個不上網的人來說意味著什麼。」

阿穆後來怎麼與父親解釋那光點世界，他一直沒說。可我們所有聽過那故事的人皆毫不費力就能感受到阿穆語氣裡的愧疚。像養了個孩子卻又無力供書教學。

老實說以阿穆平日在電話裡回應父親的語調，我不相信當晚阿穆會多有耐性向父親解釋他陌生的世界。看阿穆的愧疚就知道了，他那晚最有可能的是粗暴駁斥父親的無助，三兩句就推倒父親跌撞建立尚未站穩的理解結構吧。更有可能是父親立刻察覺了自己的無用，在自己的孩子面前再也無任何優勢，去帶領他摸索世界的樣子。

那一晚，我們都猜，兩人終於理解了這番事實。可能還因此而彼此冷對了三天。

阿穆面對我們依然一遍一遍地講述那故事。他一遍一遍直呼的不可思議全都像告解。可他的告解從來就不以行動上的悔過而告終。

阿穆父親幾百年不上一次都城，卻選了錯有錯著的那一天。幾十萬市民冒出來喊口號的時候他剛吃過旅館的簡便早餐，奇怪怎麼沿路都沒什麼車子路過。等看到身邊一撥一撥的人穿著一樣的T恤，額頭上綁著一色的頭巾，才想起那是報紙上說過的大集會日子。

沒有人知道阿穆父親腦裡的都城印象。但那日他看到的必和阿穆與我們看到的相差不遠。倘若那日，城區近獨立廣場的馬路是一張魔毯，它再法力高強也背負不起插針似的人體滿天空亂飛。

馬路很重，日頭不輕，阿穆父親找了個稍離人潮的路口車站，在那裡等了許久。一個鴨舌帽馬來青年走過，告訴他巴士今天不來了，城裡四處封路。

可能阿穆父親立刻生了氣。他畢竟在巴士上坐了好長的一段路，不打算錯過辦公時間還特地早了一天進城。

結果臨近中午才接受了無車可達的事實。

明明就已入了城，怎麼還無車可達？阿穆沒說他父親怎麼看待那次圍城事件，除了頻頻追問：打人的警察被控了嗎？

後來我才知道發生了什麼事。他們說阿穆，你爸那天真勇。

怎麼勇？攝記阿達點開一張照片讓阿穆去看。我整理照片檔案時告訴阿達的：啊，是阿穆的父親！

那個上午去不了公積金大樓的阿穆父親在橋底駐足，其實是被人潮堵住，以致催淚彈無眼四噴那刻他轉身，卻無處可躲。

「你爸起初在我身邊站了很久，」阿達告訴阿穆：「他看我掛著記者證，我以為他好奇，你知道，常有人那樣見我們來就藉機問東問西。可是他沒有，就只是靜靜看著我笑。我舉起鏡頭，他搖頭躲開。我看他沒穿活動T恤，身上也沒帶毛巾沒帶水，就一個腰包加一個手提紙袋什麼準備也沒有，就和他說：安格①，注意安全啊。沒多久前面水砲車就開始搖鈴了，遠遠看到有煙，我抓著相機就往前面跑。可是我跟你說，人真的太多，我一直往前跑，前面的人一直轉身撞來。我想找另一條路繞過去前線，回頭看到安格……嗯，你爸，竟然跟著我，就我們兩個和其他人的方向不一樣。很快，催淚彈就落到我們身邊了。」

沒有人張得了眼，身邊全是此起彼落控制不住的咳嗽，像捧盤侍者摔碎了一地喉嚨。混亂排山倒海，有人大喊後撤，也有人大喊不要慌張讓誰先走。灼熱辛辣

---

①「Uncle」的音譯。

煙霧朝人體每一個毛孔扎針，見有眼耳口鼻更是長驅直入，唾液瞬間蒸發，咽喉立刻著火。有人邊跑邊嘔吐，汙穢物長長泄了一條馬路，掉了的鞋別想有機會回頭去撿。然後執法者如獅如虎四處驅逐群眾，拳打腳踢，將跑得慢的制伏在地，見手機砸掉手機，見婦孺大聲吆喝，叫你脫掉活動主題顏色的T恤，卻不理會你有沒有另外替換的外皮。

你看過熟透的李子嗎？你用拇指撫過熟透李子的表面那皮將破未破，它皺起的紋就像皮膚遭到催淚彈魔附時的觸感。

「講重點！」

阿達形容的情況大家都清楚，很快，阿穆就催促阿達說說他看到的父親。

怎麼會那樣？怎麼會有那張照片？

「我只能邊咳嗽邊護著鏡頭不讓人碰倒，穿過煙柱時忽然聽到安格，哦你爸，邊咳嗽邊拉開喉嚨流利喊出一大串我聽不懂的話，然後學旁邊跑過來的馬來人那樣做，我本能地拿起相機。」

照片裡阿穆父親就那樣彎腰，徒手撿起地上冒著煙的催淚彈，擲回去。

「我剛想說安格小心那個很燙啊，他沒拿好的催淚彈就滑下來，結果更多煙霧把自己包圍。你看，還有這張，鏡頭完全是煙霧……」

那是我第一次見到阿穆眼眶泛紅，連鼻尖也迅速發腫，像那天被煙襲的人是自己而不是父親。阿穆疊聲髒話，整張臉卻如高級面紙，連毛邊都無比柔和。

可是阿穆的父親來電：抓不到人嗎？阿穆還是不耐煩地回：還沒啦。

我獨自在房，阿穆週末回鄉，父親正在廚房裡燒一壺水。煤氣爐的打火石用了許多年，磨損得厲害，打了幾次都沒著火。阿穆上前試試，第一下嘀噠，火石就迅猛地冒起來。他走開，父親則呆呆看著火。

誰知道他又在想什麼？這句，阿穆回來向我吐槽的時候倒沒什麼特別的表情，一如既往地按下電腦開關，輸入帳號、密碼開啟系統。字鍵在他手指底下彈起彈落，粒粒無縫銜接宛如指尖牽絲。

家裡許久無兄弟姊妹進出。若非過年，大家各有家庭又都住得遠，僅餘阿穆經常回去。偶爾也帶我回去。電腦是瀕臨淘汰的舊機，網路服務倒是新裝的。然而上回打紅勾的事件以後，阿穆發現父親就沒有再開過電腦。

怎麼看出來的？我問。

阿穆沒仔細回答，僅聳了聳肩。

可能是感覺。可我猜電腦高手阿穆必然檢查過電腦開機紀錄。

「凡走過必留下痕跡，凡做過必留下垃圾，凡住過必留下鄰居。」阿穆吃飽沒事是經常這樣說的。他不喜歡在公司電腦上網，因為（說到這裡，連一隻剛巧在牆角爬過的壁虎或許也能感覺到他的不屑），因為所有的網路運程紀錄都會經過公司的主機系統，這樣一來你上過什麼網頁有心人一查就全都知道了，祕密排著隊跳脫衣舞。阿穆的嘴角輕輕一跳，是鼻孔裡「哼」字的消音版。

哦。難怪我看電腦部的人表情都怪怪的，像老憋著什麼，肚子脹鼓鼓。

阿穆頭也不抬：也不是說他們就一定能知道你的網上行蹤，但小心一點總是好的。

我沒問阿穆小心來幹嘛，是否因為我和他什麼踰越倫理的私事。可他的「小心」經常裹挾著一股看透世事的嘲諷。有時比較像自嘲，例如山上總是有老虎。想來阿穆知道這道理，於是總有點像趕在別人動手前狠狠刺自己幾刀，至少先習慣那痛。比較起來，阿穆失足的例子還真不少。出差前檢查又檢查，相機——有，手機——有，錄音筆——有，手提電腦——有，護照——有，名片——有，筆——有，行程表——有；眼看著萬無一失了，飛機落了地打開電腦開始工作，才發現忘了帶電線。相機捧在手上光圈快門什麼的都調好了，一按機器全無反應，再看才發現裡頭沒有記憶卡。

阿穆的心細卻在於，他連家裡電腦旁滑鼠的位置居然都做了暗中的安排。滑鼠尾巴據說對準鼠墊上的某道花紋。這樣一來只要有人移動過滑鼠，他絕對能知道。

事實上鍵盤的位置也是精心放好的。阿穆嘴角叼了枚奸笑。

目的是為了不讓父親再打勾勾？我滿肚子的不理解已達吃撐了反吐的境地。

阿穆依然一副不置可否的神情，讓人想踢掉他的電插頭，黑掉他的屏。

我不理解阿穆與父親的相處方式。週末他明明提了半打雞精回家，昨天上班我見他又提著同一個袋子裡的半打雞精回來上班。還隨手擱在同事們共用的雜物櫃上。那姿勢，很顯然，是允許大家隨便享用的了，抖落的聲音很負氣。

阿穆花心思擺放電腦機件來暗探父親有沒用電腦的招數，在我看來不過是劣招。因為你找不到提防的動機。以阿穆的本事，不讓人動他的電腦有一百種方法——設定開機密碼、暫時切斷網線電源、故意布下繁複操作程序，或僅僅把電腦桌面上的便利按鍵全部隱藏起來斷絕便利……每一種都可以有效阻止對電腦操作頁面只有皮毛認識的父親繼續用他的電腦，幹他口中說的，不可思議、徒勞無功的事情。可那些方法阿穆全都不用，而是選用擺放滑鼠、暗算位置之類低階，甚至有點小人的手段，去……去防範自己的父親。我就是不明白這一點。

有必要嗎？防範自己的父親？

阿穆不承認那是防範。他說，我不過是想知道他還有沒在用，同時並沒有不讓他用。可我現在證實了，他是沒用過的。從我上次回來到這一次回去，他沒再用。

他沒再用。

那聲音越說越細，很快就讓打字聲蓋過，如在半空中甩了一把刪除鍵。

阿穆回家以後並沒有回答他父親的問題，那道——「有人被控嗎」，而是，轉過身子與父親玩起防備與避忌？

知道這一點後，我們所有人都一樣不可思議。怎麼知道的？很簡單，因為阿穆這趟回來，父親還來過幾回電話。看阿穆蓋電話的架勢，想來又是顧左右而言他地問著同一道問題。和新聞裡大多的重點並不一樣，阿穆的父親沒那麼關心催淚彈曾否射入醫院，不關心雙方人馬喊話的內容，也不怎麼關心事件的起因。阿穆的父親只偶爾看報紙。阿穆的父親現在還不再上網。

但也可能是我們一群人都失策。阿穆父親其實關心得很。他問的是終極的問題，是仍深信有人必須被抓到，深信有人必會執行自己的責任，必會大公無私，必會維持社會安定，必會……沒有下一次的徇私，沒有下一場懵懂的聚會，沒有百姓會貿然上街，沒有混亂，沒有陰謀，並且相信，永恆的正義。

你真的這樣想？阿穆問。

我真的這樣想。

但那是你父親，你應該比我們更清楚他的理由，更能理解他信任的是什麼事。

那樣一個老人，如果像你說的，平日僅會閉嘴發著悶氣，這次怎麼會轉了性子，動不動就給你這說兩句話就不耐煩的兒子撥電話，就只問那一句？

阿穆敲鍵盤的手越用力，就越像在吆喝：好，暫停。

再下一次回來，阿穆居然告訴我們，他把整台電腦搬了回來。

反正他也沒在用，阿穆邊說邊撕開即溶咖啡的包裝，兌水沖泡一杯化學咖啡。咖啡粉不知加了什麼糖精，就著日光燈閃閃發亮，以為在喝沙。

那你父親不用電腦了？

本來就沒真正在用。

我又想起，阿穆不是還在玩著那個暗中設下基準，看器具有沒被移動過位置的無聊玩意吧？

那一點都不無聊好吧。

阿穆攪拌咖啡的時候有一種隨湯匙轉圈增長的從容，做過的什麼都在自己的軌道上怡然自得，以致外人很難找到罩門打擊他環狀的固執。他現在最喜歡用「既然」這個詞——既然沒在用，我就抬回來用。既然不會用，那就別瞎忙。既然不明白，那就別試圖觸摸。既然會被嘲笑，那就不如什麼也別說。

既然既然，既然你那麼會講，看過今天的報紙沒？

什麼事？——沒有人可以比老鳥記者更理解這樣的理直氣壯，裡頭擁有多大的自傲與不屑。彷彿世間萬事皆不是在這裡，就是在那裡發生。於是今天知道也好，明天知道也好，早知道遲知道終究會知道，且在那分知道裡，暗藏著輕視。

好吧，看到阿穆這副德性，我也蛇懶。不囉嗦，報紙飛過去，封面不過是有關單位的又一託詞，講圍城那日不過是按專業執法守則發射催淚彈、水砲，你們乖乖聽話不胡來（最好是一個一個不要出門，全躲在家裡），那麼自然就不會引發後來的混亂。始作俑者是誰？是你們自己。所以——這是潛台詞了——所以，你們別想揪出什麼有力人士的罪行，別想提控任何人。

阿穆呷了口咖啡，斜眼瞥了瞥擱在桌上的新頭條。鼻孔哼出來的氣染著咖啡味。

阿穆辦公桌的鏡子下壓著從阿達那裡討來的照片，那張，阿穆父親英勇地拿起催淚彈打算拋回去的瞬間定格。你很難說那張臉上是捨我其誰的神采，或什麼英勇就義的果決。反之，那姿勢有點臨時，像在撥開傾倒到自己身上的咖啡杯。可阿穆特意討了電腦檔，親自去相館洗了出來，也不算太囂張，沒洗成海報的面積，卻弄成半張Ａ４白紙的大小。壓在玻璃下儘管有點怪異，但無人敢笑，也無人敢發出「威堆，威堆」的假意讚歎。除了阿達與我，沒人知道那主角是阿穆的老父。

阿達原想拿那照片去參加新聞攝影獎。你看，他說，你看這場景內的人，一看就知道是什麼時候發生的大事。再看那樣恰到好處般神龍擺尾的煙霧，祥龍捲柱般攀著那些人的腰和腿，多有現場感。最點睛的是你爸，一副奧林匹克鉛球運動員的身手，咳嗯，一副奧林匹克鉛球運動員的滑手，多動感，多能展示小人物與大體制抗爭的正氣！

阿達說了多少句，阿穆的白眼就翻了多少下。然而誰都可以看出來，阿穆並沒阻止阿達用那張照片去參加比賽的意思。

哼。沒人被控。阿穆僅冷冷評了這一句。

可你還是應該好好和爸爸說一說吧，他可能不明白，但他有弄清事情現況的權利。我只好這樣說。

阿穆轉身，用筆桿敲打著桌沿。落點無節奏無秩序，我常常覺得他那樣做恰好弄出了無意義的意境，當你做些什麼都無意義的時候，那就什麼也都幹一點。

打從阿穆不曾拒絕阿達用那張照片去參賽（雖然最後落了選）開始，我們，知道那照片底細、認得他父親的每一個人，就不曾懷疑阿穆對父親的愛。愛，是最淺顯，也可能是最懶惰的託辭。因為它涵蓋一切語言所無法具象的領域，包括為某個行為想一個理由，或是為某一次傷害定一個傷口。它大肚能容天下大象，它滿臉無辜如人在世外。

然而那樣想有一個最關鍵的毛病。你說阿穆愛他老爸，大家卻不曾看過他明確說愛。還把電腦搬了回來！一切都是隱隱約約的，溫溫吞吞。

阿穆的叛逆經常顯得有點幼稚。在外人看來，面對父親這位賜他骨血，至少是一半骨血的人，他有時冷淡得像對待一根每天行經路過的電線桿，不停電、不衝撞，你還不知道它在。這樣的刻意迴避其實無處不在，以至於阿穆連打個電腦遊戲都極力避免碰觸那種最後需要剷除一個大魔頭，方才大功告成的設計。阿穆不玩那樣的格鬥遊戲。他玩模擬城市、模擬市民，他玩切繩子、切水果，玩憤怒鳥，豬頭一大堆，在自造的環境裡累得半死只為擺放好一張桌子。

那日記者阿穆被派去現場，忙著在城裡另一處奔跑與躲避，時而自嘆任務在身沒有表達個人意願的自由，時而以一種奉旨旁觀的優越感自恃，淋漓體驗身分賦予的額外方便與額外拷問。優越感源於擁有闡述事實的權力；拷問，是因為我知道阿穆常自詡真心，習慣愧疚。阿穆就是一塊烤熟的肉乾，一邊覺得自己讓人齒頰留香，一邊嫌自己附帶致癌的三苯四丙烯。

回來，知道人群裡居然有自己的父親以後，他一如既往劈里啪啦地說著些別的。僅有一次他說，他曾責問父親為何擅自入城卻沒有知會他，這城裡唯一的親人。當我們質疑為何阿穆在敘述時會用上「責問」、「知會」這一類有著明顯階級意識的字眼時，阿穆並沒回答。

他沒事就拿原子筆來當鼓槌。只有「有人被控嗎」鍥而不捨，成了一把開瓶器。

牛筋阿穆終於打算回應父親的問題，是在暴亂發生了整整半年之後，眼看著沒有什麼當權派會因暴力襲擊、破壞活動主題與氛圍而被控上法庭，接受審理了。

同居人阿穆好幾個夜晚連著遲歸，這是我發現他有所行動的第一個跡象。他的工作電腦沒有處理照片的軟件，家裡的電腦也沒有，於是借用我下班後空出來的一台；這是我發現的第二點。

第三點疑惑，需要再一個星期後才真相大白。

我禁不住阿穆嘴角最近經常冒起的神祕微笑，點開了我桌面電腦裡阿穆私人專用的檔案夾。它們一個一個無名無姓，僅以單個字母為記。我選擇最左邊的第一個點開，裡頭全是一張張叫囂著的臉。什麼種族都有。我看出來了，那都是圍城事件的那日，有的是同事們拍的，有的顯然是阿穆費心從各種網路管道找來。因為大小不一，像素紊亂，還經過剪裁。那些人，有舉起腳來正要斜踢鎮暴隊員的，有舉高交通錐正要往落單執法者砸下的，有操著不知從哪裡扒出來的園藝剪刀剪開路障圍籬，還有一幅是礦泉水瓶剛脫出了一隻長毛黝黑的大手，倘若鏡頭沒有橫空斷絕，它的落點將是一旁被人流堵著、寸步難移的警車。

第二個檔案夾裡是些相對平靜的臉。裡頭的人在酒宴上碰杯，在舞台上演講；在馬路上維持秩序，在露天攤檔裡拍肩喝茶。時間未明，且一度讓我以為阿穆是制服迷。

第三個檔案夾才讓人恍然大悟。那裡的照片全屬兩兩一張，左邊標記著亮眼的大寫字母A，右邊則是一樣醒目的大寫字母B。兩邊各有一張臉被阿穆框了個鮮紅的格，格子右上角標有小小的號碼。很快我就搞懂了阿穆的邏輯——他在配對。這個A裡老神在在剪破路障的人，原來是B裡與誰勾肩搭背的混混頭目。那個A裡起腳飛踢警車的人，和B裡的制服帥哥飲茶飲得正是歡樂。這個A裡比中指的長髮阿飛是B裡諂笑的平頭青年……阿穆的第三檔案夾宛如一棟住滿雙胞胎的高樓，每一層窗口都有一對探頭探腦的孖寶②被人認出。

這件事我一直沒說，沒告訴阿穆，我知道咯，我動過了他的檔案夾，曾經進入他的孖寶大樓，也看懂了他曲線救國般的伸張正義。他不面對面地說，我想我一輩子也不會先說。不管阿穆有沒預先設下防備父親般的滑鼠大陣、鍵盤方位術的心機來防我；不管他知不知道我已經發現那一切，我也不打算主動告訴他這件事。讓阿穆去吧。讓阿穆用他自己的方式建樹建林，像個在日常裡完整的人而擁有巨大的驅魔能力，去驅逐他認定的不公不義。

即使後來阿穆那些打著紅框的孖寶照片在臉書裡流傳，每個按讚與分享的人都以為自己完成了一次公義，每一句留言都讓人覺得日子明天就變美，且明天，一定，就將有哪個與人民為敵的大壞蛋被司法提控了，我也沒有用一種心中了然的嘴臉揶揄阿穆們的心機與夢想。阿穆可能在用管理一家線上咖啡屋的邏輯去擺放他腦裡的天秤。儘管看起來更像自慰與自爽，可阿穆畢竟埋頭做了這件事。他父親可能

② 粵語，形影不離的雙胞胎。

永遠不會知道兒子阿穆老在壓抑的憤怒從哪裡而來，為何總是三言兩語就提氣；也永遠不知道阿穆口中罵的科技歧視說到底，是誰在歧視了誰。可是阿穆愛父親。

阿穆一邊成為最能適應生活的人，一邊繼續暗算著父親在面對新科技時的拍馬難追與窘迫——只能說是「暗算」了啊，連他自己可能都一知半解的暗暗對立，與賭氣算計。他照舊在日常裡對父親吼來吼去，父親向他提的每一道問題都得鼓起勇氣。他照舊在放下電話後要握著電話搗鼓一陣子。

這些天的阿穆還在繼續忙。他的孖寶樓層裡越住越多人，儘管我也好奇他是怎麼招攬那麼多被定格的住戶，他背後有沒有其他的俠客相伴相助且意猶未盡，可我不打算插手。

離開網路，阿穆照舊聒噪。脫下的牛仔褲以為有虛擬工人幫他清洗，從腰帶尾端掉下來的扣環如有導航儀永遠相隨不會不見，連帶晚餐消夜也理所當然地總會憑空而來，又按鍵般方便消失。可我決定照舊讓他那樣想、那樣享，不戳破。

那可能是我此刻所能做到的，對寡情者阿穆，最剽悍犀利的暗算了。

很難解釋，那樣的暗算是為了什麼。倘若只有因恨、生恨，才有復仇的動機，那我可能並不真的想拿阿穆來開刀。於是僅想來暗算。暗算阿穆，讓阿穆繼續耽溺在虛擬實境裡。他定義實境，我合法虛擬。然後，然後，不論未來日子順不順遂，我們繼續床頭各自打電腦，床尾，床尾勾勾腳地和。

# 應答的音調

## ——讀梁靖芬的小說

賀淑芳

瑪喬恩始終有告訴金妮，她在醫院樓梯間的發現。那道她到病房探訪金妮時天天上下的樓梯，每道階梯前端原有三條小線溝，作用是防滑。可人腳上上下下，階梯中段的溝紋都快被鞋底磨平了，只有靠牆和欄杆的兩邊依舊清晰，沒被人踩過的痕跡。瑪喬恩其實看得觸目驚心。她原想說些笑話舒緩那心驚，比如：人就是跟屁蟲嘛，愣是要走別人踩出來路。又比如：承包工程的建築商就是偷工減料啊，選了不耐磨的便宜瓷磚來交差，消費人就只好自己顧自己咯。然而不管她再怎麼扯，最後都會聯想到那些腳步都不輕，心事都很重。（摘自：〈瑪喬恩的火〉）

閱讀梁靖芬的小說，必須慢，不只因為如她所言，由於鍾愛行文節奏而琢磨音聲，引人必須字字默念，也因為敘述者立意要慢，從物到人細膩觀察、打趣與斷言曲折揣度，處處都藏著欲語還休的心事。讀梁靖芬的小說，就是在讀著她的流暢行文，儘管偶有雜夾口語，自然還是通篇純熟的中文。以這樣明麗流暢的語言，或是打屁或是辯詰，我們讀著的就是梁靖芬那匯聚了詰問、自嘲、嘆息、波動起伏的百感交集。

這六則短篇分別以水、土、火、木、金各自穿插入題，至終篇〈顛簸〉收尾。讀罷會不由得深深佩服起來。小說看人看事，不時透著一股早熟的滄桑世故，卻尚能幽默自嘲；直至某個拐彎處，才叩上先前埋下的伏筆，那平時麻痺如眠的尖角，忽地聳起，有時戳得發痛，或如慢刑折騰，偶爾也有讓人噴飯的——正是此時此地的生活寫照。

小說不乏針對公共議題的反思與疑問。如第一篇〈水顫〉，以馬六甲三保山青雲亭的古蹟保護與鄭和立像為軸。小說並非只以古蹟保存為其「主題」。它與小說中另一敘述阿姆失憶的故事平行展開。雖然前者所占篇幅頗大，卻非直寫。小說中敘及鄭和肚皮讓人摸得油亮，自有現實古蹟議題根據。三保山青雲亭曾有遭鏟危機，為免當局找到藉口，故為鄭和立像之事就擱置遙遙無期（由於鄭和是伊斯蘭教徒，故不准立塑像）。

古蹟保護攸關地方的空間記憶與詮釋，當然值得關注。但小說卻有更獨立的空間。梁的這篇小說不志在維護或支持民間運動，書寫經常是從熱騰騰的前線退至陰影處才開始的，只有在政治激情冷卻的背後，才有讓技藝與思索展開的周旋餘地。

## 小說獨有的應答音調

在〈水顫〉這篇小說裡，敘述聲音有時晃入那被敬奉的「客體」內，使其能否定、感嘆、發聲，而與之應答的，則是那充滿揶揄中國性傳承意味的「我祖上」云云。在華團與官方的衝突爭議裡，那糾紛鋒面來自雙方對本土的不同詮釋。由於兩造所持的成見是如此堅實，要達到真正的交流，竟是難以想像的困難——在官方與民意之間，在意見分岔的多重疑慮之間，乃至到小說的敘述聲音與被敘述的這些

「對象」（官方、民意、團體、個體）之間；然而也只有在小說裡，才最可能發揮這多種聲音、觀點並存的多重變化與縐褶，由此形成梁的小說獨有的應答音調。

梁的小說喜歡採取一種沿著碎片邊緣蜿蜒漫步的觀察思索。我們每個人都在生活，對政府謾罵、抱怨是容易的，但構思一篇小說則挑戰觀察、敘述布局的難度。從大至國與族，小至兩人之間，甚至任何一縷思緒動靜——都與語言中的權力倫理息息相關。正因這分語言賦予人的心智辨述、記憶與隱喻能力，才使人在群體社會中存在的敘述顯得可能。就像恩斯特・卡西勒說的：「正是語詞，正是語言，才真正比物理本性更直接地觸動了他的幸福與悲哀。」

梁這本書的六篇小說，遍及各個階層，從語笨言拙的鄉民，到能言善道對答如流之輩（如〈顛簸〉裡的阿穆，以及，尤其這六篇小說的「敘述者」）。從表面上看來，小說講的都是「他們」的故事。無論他們屬於哪個階層，其實都難以完成自我的敘述。如〈水顫〉裡阿姆之子，在祖上與阿姆之間不斷交替變換那癡癡作想的想像與焦點，越是意欲捕捉過去，那敘述的語言就越不可靠。

〈土遁〉的主角南嵐過去在園丘受虐的恐懼，小說裡只有收留他的阿峇可隱約猜測得到，但對南嵐而言，這恐懼的過去是難以訴說的。他跟任何人都談得極少，小說寫他跟一個來歷不明的僧人在廟裡一起靜靜掃地，「互看得久了，兩人或許真能交談個一兩句」——但畢竟是談得不多的。固然，談得多不一定就能了解得深，交流不在於說得多，而在於人與人之間那分不說就能了解的可貴。大抵這樣的體悟希冀就貫穿整本書，也許亦瀰漫在梁的其他小說中，如她在二〇一三年獲海鷗文學獎的小說〈按摩〉。到了末篇〈顛簸〉裡家人的言談與拒言，就更原委曲折了。

然而，彷彿亦與這分超越語言囿限、突破個體藩籬的希望同時平行，小說也意識到在這緘默的心領神會底下，也同時存在（萬一）交流堵塞的代價；如果語言不能交流，那沉默可以？但畢竟沉默能有所予，有所不予。時間過去，那隱藏著馬共山老鼠真相的發現（如〈土遁〉裡僧人的可疑身分），抑或是為了照顧朋友／愛人，該說的都忍耐著沒說，直到死亡臨到而斷然告別，如同〈瑪喬恩的火〉那句不復再能的嘆息：「啊！還需忍些什麼呢——」於是關於說與不說的善意，那到底有什麼意義，也不免愴然顫悸。

在〈土遁〉中，那在英軍尚未把華人遷入新村之前的年代，那居於荒野林邊的鄉民，他們的語言也彷彿染上那山林空間景像中的荒蕪鬱渾。詞彙是那麼地少，人們只能反來復去地說，人似乎是靠沒說的與積蓄著待說的希望，或更含糊的什麼來生活；如同阿嵛所承襲擁有的土地，那邊界其實已經給大片野林覆罩而模糊不清了。然則，這渾沌度日的平靜終究不敵英殖民以其語言定義下的敵我分明——其實敵人並不清楚，只不過是看到可疑的就一律槍殺——最終送來村子山邊一場近乎屠殺的災難。

在梁靖芬的小說裡，人們對國家機制的怨餒嘲諷常是無奈的，〈刻木〉裡的砂獨餘夢，彷彿徒餘家常閒話般的反覆咀嚼——儘管無力為此舉戈征伐，然而這麼零落地嚼著，這看似固執與消極的閒聊，卻也有一分看似雖然消極但不失固執地，微不足道地在國家一體平滑的語境裡，滾動著那不服氣的牢騷。

〈黃金格鬥之室〉裡共同浴室的種族關係是極隱晦的，日常生活的和諧狀貌，隱藏著儘管不提、卻也不能取消的過去，小說結尾留下幽默的手勢：一分平平庸庸、無關（族群）大事的不安，彷彿在所有能明辨的界限底下，其實還藏匿著不怎麼好說的尷尬曖昧。小說觀察剔透，駕馭敘事的功力驚人卓越；這每隔兩年一篇的小說，真正是以慢火燉烹生活這鍋難言的雜陳滋味。

無論是南來祖上、馬共或這現代的瑣碎生活，相對於有紀錄的歷史，他們的存在何止是碎片，簡直是微不足道的塵或沙。也只有小說能透過虛構，試圖為那已逝的沙上痕印來繪像——他們曾經存在之驚與懼，以及那彷彿隱形了的暴力。這生存經歷勢必跟語言相關，人如此仰賴語言、名字去敘述與表達，甚至惟有表達，才能證明一個人存在。但道出又總是只能一次說一件事（借用梁之言），因之回憶、敘述便有了先後順序，而書寫又不得不從有限的時空遭際去尋覓出口與可能，由是書名「五行」也就銘刻了這一往昔由移民攜帶南來，建立物我時空秩序的元素——其實也就是語詞。在這混雜的「本土」、「華人」社會與現代國家的框架中，五行也就拖拉馱袱連串現實繁瑣，剝軸拆架，搖晃著一路崎嶇。

二〇一五年十二月二十二日《南洋商報・南洋文藝》

文學叢書 502

# 水顫

作　者　梁靖芬
總 編 輯　初安民
責任編輯　林家鵬
美術編輯　林麗華
校　對　吳美滿　梁靖芬　林家鵬

發 行 人　張書銘
出　版　INK 印刻文學生活雜誌出版有限公司
新北市中和區建一路249號8樓
電話：02-22281626
傳真：02-22281598
e-mail：ink.book@msa.hinet.net
網　址　舒讀網http://www.sudu.cc

法律顧問　巨鼎博達法律事務所
施竣中律師
總 代 理　成陽出版股份有限公司
電話：03-3589000（代表號）
傳真：03-3556521
郵政劃撥　19000691　成陽出版股份有限公司
印　刷　海王印刷事業股份有限公司

港澳總經銷　泛華發行代理有限公司
地　址　香港新界將軍澳工業邨駿昌街7號2樓
電　話　(852) 2798 2220
傳　真　(852) 2796 5471
網　址　www.gccd.com.hk

出版日期　2016年8月　初版
ISBN　978-986-387-109-5

定　價　280元

Copyright © 2016 by Ching-Foon Leong
Published by INK Literary Monthly Publishing Co., Ltd.
All Rights Reserved
Printed in Taiwan

國家圖書館出版品預行編目資料

水顫 / 梁靖芬 著；
--初版, --新北市中和區：INK印刻文學，
2016.08　面；14.8 × 21公分.（文學叢書；502）
ISBN　978-986-387-109-5（平裝）
868.757　105010839

版權所有・翻印必究
本書如有破損、缺頁或裝訂錯誤，請寄回本社更換